僕は
おねえちゃんに
本当に
ありがとうと
いうものを
あげるから

シルバーガール

目次

《はじめに》……7
第一章……10
1《難民の青年、謎めいた言葉》……10
第二章……13
1《僕に赤ちゃん生まれて欲しいなの》……13
2《もう食べるものが何も無くなった時、どうするか》……14
3《幸せすぎる最高のパートナー》……15
4《天が教えてくれる性教育》……20
5《主人公はいつも私、何をどうしたいのかよく考える》……24
6《僕は大丈夫なの》……26

7《お金が無くても生きていける》……27
8《未来は彼の言う通りになる》……29
9《あの世に持っていけるものをいただく》……30
10《物欲の無い境地》……32
11《生き方がわからない》……34
12《群衆の持つ力は2通り、個と全体の関係》……38
13《世界が心配、もったいない話》……40
14《どうして生まれてきたのか忘れている私たち》……44
15《僕はおねえちゃんの相手ではないからね》……48
16《「僕たちラブラブだね」そして別れる》……50
第三章……54
1《それは未来を知っている人の言葉だった》……54
2《その人の人となり、生き方》……56
3《〝神さまに会いたい、神さまって何？〟》……58

4《もう一度よく振り返って、分岐点を探す》……63
5《〝どうして私だったの？ 他の人じゃないの？〟》……69
6《自分の失敗、愚かさに、今頃気づく》……73
7《私の使命と母の使命が繫がる》……80

第四章

……86
1《あたりまえの生活が出来ない人たちがいる》……86
2《息が出来ないくらいの使命感、これは私の仕事》……88
3《自分の生まれた国に、自分に、どんな余裕があるか無いか》……91
4《贈りものは、もうすでに届いている》……98
5《〝僕は傷つかない、ただ人がいつか気づいてくれるのを待っている〟》……102
6《たくさんの人の役に立つ望みは叶う》……107
7《〝見せる言葉〟と〝見せない言葉〟、自分で気づくことの大切さ》……111
8《智慧が足りないから上手くいかない》……113
9《真剣な彼の願い、気づかないことによる被害》……120

10《人類の同じ失敗の原因は何？　不安や恐怖の心理学》……124
11《特別な脳を持つ母、放置と支援》……136
12《天から見て、助けやすい人と助けづらい人がいる》……148
13《彼が無言で私に託したこと》……150
14《どんな結婚だったら上手くいくのか》……157
15《彼のお返事が来た》……165
16《世代交代》……167
《おわりに》……170
あとがき……173

《はじめに》

今、世間では、２０２４年、２０２５年のことが騒がれています。また、たくさんのスターシードの子どもたちや、胎内記憶、前世記憶を持つ子どもたちが生まれて来ています。

絵本作家ののぶみさんのＹｏｕＴｕｂｅは有名です。子どもたちが次々と、夜、神さまから聞いた話や、目に見えないとされている世界の不思議な話を、大人たちにしてくれます。大人たちの反応によって変化していくのも大変興味深いです。

私が福祉仕事をしていた頃、ホスピスで勉強をしたことがあります。その時に初めて、〝スピリチュアルケア〟と言う言葉を知りました。

〝スピリチュアル〟……それはどこか別の所からやって来た新しいものではなく、元々あったものなのですが、最近の私たちが忘れてしまっている〝精神〟です。近代医療の力だけでは届かない場所があるのです。昔はこれがとても大切にされていました。今程物が無かった時代は。

この言葉が苦手に思う方もいらっしゃるかもしれませんが、これからは確実に、〝見えないものの力〟、〝不思議なこと〟、〝スピリチュアル（霊的、魂）〟を認めざるを得ない時代になっていくと思います。

世の中はものすごいスピードで、どんどん変化しています。〝何だかついていけない〟、〝どういうこと？〟、という人も多いでしょう。でも私は、これから何が起きようとしているのか、その意味が少しわかるのです。教えてくれる人がいたのです。

私は昔、不思議な体験をしました。その時に出会ったある人物と、この子どもたちに共通点が多く、〝あの人もスターシードだったんだ。この子たちの先駆けだったんだ〟とわかるようになりました。

「よく聞いて。小さい人の方が頭がいい。大きい人は頭が悪い」と言っていたのを思い出します。大人は頭が硬くてなかなか信じないから……と言う意味なのでしょう。生きづらかった世の中がやっと変わる時が来るのです。今までの常識や価値観が大きく変化します。スターシードはそのお手伝いをしてくれます。

望む未来へ向かうためのヒントが隠されているので、たくさんの方のお役に立てるのではないかと思い、その人の言っていたこの年に出版したいと思います。あとは皆さんがその真意を読み取って、前へ進んで下さったら……と思います。

伝えるにあたって、真実が出来るだけ正しく伝わるように心がけているつもりですが、私の解釈で、すでに少し違ってきている部分があるかも知れません。人が人に何かを伝える時はこうやって少しずつずれていくものかも知れません。人の解釈の仕方で決まっていくのかも知れません。

「　　」は実際の言葉、会話です。

〝　　〟は私の解釈、心の中、強調したい言葉です。

第一章

1《難民の青年、謎めいた言葉》

ずっと昔、私のとなりにいてくれたその人は、日本人ではありませんでした。自分の国の紛争で普通に生きることが出来なくて、日本に逃れてきた人でした。誰もの心をとかすような柔らかいあたたかい人柄で、私は大好きでした。

その人は日本人よりも日本人らしい外国人でした。私の方は外国ばかり見ていて実は日本のことをちっとも知りません。外から見ている人の方がよくわかっている場合があります。その人に逆にいろいろな日本の文化を教えてもらいました。

着物の着方、浴衣の魅力、日本の料理、習慣、作法……。私の方は普段の生活の中で、これらのことをことごとく無視していました。まったくあべこべです。ある有名な日本の小説の一部を暗唱して聞かせてくれたこともありました。


「おねえさん、1人？」

「うん」

「僕も1人ぼっちだよ」

「そんなことないよ。みんな応援しているよ」

「おねえさん、強いね」

「そうかなぁ。そうありたいとは思うけど……」

出会って最初の頃の会話です。

その人の言葉は無駄がなくわかりやすく、不思議なくらい心に残りました。そして意味深でした。神秘的な言葉でした。私は何か尋常ではない感じがして、出来るだけ書き留めていました。

だいぶ親しくなってからのある日、彼が「そのうち僕のこと忘れるよ」と言いました。私は「イヤだ。絶対忘れない。忘れたくない。全部紙に書いているから大丈夫!!」と答えるとその人は少し安心した様子に見えました。

ある時彼が私の部屋をぐるりと見まわして「本、いっぱいあるね」と言いました。その時、直感が走りました。〝私は、いつか本を書くのかも知れない〟と。

第二章

1《僕に赤ちゃん生まれて欲しいなの》

「誰にしようかな……うん、この人に決めた」

気になっていたその人のこの言葉を聞いた時から、何かが動き出していました。私に聴こえるように言ったのです。思い返してみるとそうやってお付き合いは始まっていました。

それは私にとって信じられないくらい光栄な出来事でした。と同時に重大な任務の始まりでもありました。彼がL、私がPとします。

「Pを騙すのは簡単なんだよ」

「僕は女の人を守る。女の人を助ける」

ある日のこと、彼は私のおなかに顔を近づけて「僕に赤ちゃん生まれて欲しいなの」と言いました。少しぎこちない日本語でした。本当は〝僕の赤ちゃんを産んで欲しいの〟と言いたかったのだろうと思いました。

2《もう食べるものが何も無くなった時、どうするか》

その日彼と、手塚治虫の〝ブッダ〟というマンガの話をしました。動物たちの集落に、もう食べるものが何も無くなって、みんながおなかが空いて困っていました。その時に一匹のうさぎが「僕を食べて!!」と言って、自分から鍋の中にチャポーンと飛び込む場面の話を彼がしてくれました。

後日、私にその本のうさぎを見せて「僕も、これなの」と言いました。

「？？？」

「たくさんの人を助けられるなら、僕は死んでもいい。みんなのからだの中で生き続けられるから」と言うのです。その言葉を聞いた時、何か彼と私の生きている次元のズレを感じました。とても切ない気持ちになりました。彼はこんなに若いのに死の話をします。そして私はとてもまだそんな境地にはなれないと思いました。

ずっと後になって、江戸時代の武士、吉田松陰という人の言葉に出会いました。

〝自分が死んで人の役に立つのなら、死のう〟

〝自分が生きて人の役に立つのなら、生きる〟

この吉田松陰は終身刑になっても、そこの囚われている人たちと、最後まで一緒に学びあったのだそうです。

私は思い出しました。彼と同じ考え方です。

3《幸せすぎる最高のパートナー》

ある日私たちは、心もからだもひとつになることが出来ました。それはぴったりきれいな丸になったような幸福感がありました。この時、私は自分のからだの中で何か少し変化があったのを感じていました。おなかがほわっとあたたかくなるような感覚でした。


この日、二人で出かけた時、彼は突然何度も私に向かって連発しました。

「子どもだ」「Pは子ども」「子どもと同じだ」「子どもみたい」

後でその意味がよくわかりました。彼は私に必要なものを感じとっていました。


次の日から私はからだが不調でした。寒くてしょうがなかったのです。頭も痛くて……。

〝もしや命が宿ったのだろうか？〟気になって女性のからだのことを本で調べてみても、まだ早すぎて検査キットも使えませんでした。

彼に体調のことを話すと
「大丈夫だよ。なんとかやっていこう」

「Pの前を僕が歩いているからね」

「元気を出して」

「ドキドキしながら待つんだね」とうれしそうにしていました。

〝神さまの言う通りにしよう〟と私は思いました。

その頃私たちはよく食べていました。彼がご馳走をつくってくれたり、私も何かしらつくってみたり、外でもおなかいっぱいに食べるようすすめられていたので、私は太ってきていました。

ほどなくして彼は私のために病院に行ってくれました。忙しい人なのに、保険証も無いのに、自費で専門家の所に行ってくれました。女性のからだのメカニズムを聞いて、私に渡すために、お医者さんの図解メモまでもらってきてくれました。

「大丈夫だから、安心して」と彼が言います。「でも、人によってからだは違うから絶対とは言えない」とお医者さんの言葉だったそうです。

とにかく私はおなかが苦しい。呼吸が苦しい。布団が重く、おなかにちょっと何かあたるだけで痛い。パジャマのズボンのゴムを全部入れ替えました。

おへそのかたちが変わったし、おなかをさわると厚い。ピリピリおなかの肉が引っ張られる感じで痛い。背中と腰、膝の裏も痛い。吐き気が続いて頭が重くて、のどがかわいてトイレも近い。

そのうち生理が来たけれど、何か変。いつもと違う。量が多い。時々おなかがつったように痛くなる。初めての痛み。


「一緒に病院に行きたい」と彼は言いました。

「仕事休んで行く」

「Pが子ども産めないからだだとしても結婚したい」

「今年中にしよう」

「赤ちゃんがダメになっても欲しくなったらいつでもつくろう」

次々と愛情たっぷりの言葉が返ってくるのです。

夜寝る時、ちょっと動くだけでも、ピリピリおなかが痛みました。電車の中で立っていられなくなり、しゃがんでしまいます。そうすると少し楽になりました。


家で、赤ちゃんと三人の生活を、電卓をたたいて真剣に考えました。そのプランを見て彼が「ビザがあるのと無いのとでは、生活が全然違う」

「結婚の前、子どもの前にビザが欲しい」

「先が読めない」と言いました。

私は〝子どもをおろしてもいい……〟と少しだけ思いました。子どものためにも……。

彼が言いました。「余裕のある親の子どもは幸せ」と。

「まず弁護士と相談したい」と。


彼は、またお医者さんのところへ行って聞いてきてくれました。そして「妊娠はしていないよ」と言うのです。お医者さんも「準備がいろいろ出来てから産むべきだ」と言っていたそうです。「その時は、つくり方のアドバイスをしてあげるよ。特別に。他の人にはしない」と言ったそうです。すっかり仲良くなってしまったみたいです。

そして、私もやっと自分の病院に行くことが出来ました。エコーでは次の排卵の準備をしていて、子宮にも赤ちゃんはいなかったそうです。「大丈夫ですよ」と言われて〝よかった〟、〝安心した〟というのが正直な気持ちでした。

それにしてもどうしてこんなに苦しかったんだろう。押すと痛かったんだろう。大事な赤ちゃんだと思っていつもおなかをかばって生活をしてきました。

彼に結果を話すと「疲れた？　きっと頑張ろうね」とオレンジジュースを渡してくれました。「この人の赤ちゃんが〝欲しい〟〝欲しい〟って強く思っているからそういうことが起きるんだね」と言ってくれました。

これが私の〝想像妊娠〟というものでした。

4《天が教えてくれる性教育》

この事件は大いに考えさせられました。貴重な体験でした。妊婦さんの気持ち、母親の気持ちを味わいました。この疑似体験は、誰かがわざとつくってくれたような気がします。私は喜び半分、焦り、心配、準備、計画、責任……ｅｔｃ。いろいろなことで頭がいっぱいになり、複雑な感情でした。

そして、この時にとってくれた彼の行動や言葉がとてもうれしかったのです。安心で頼もしかったです。素晴らしいパートナーだと思いました。私に妊娠を真剣に考える機会を与えてくれました。

どんなに好きでも、成り行きまかせや相手まかせにするのではなく、しっかり知識を持った上で、自分で妊娠、避妊のタイミングを計画的にコントロールしなければ、自分が後々きつくなります。

女性の方がずっと主体的でいないといけません。女性のからだに起こることなのですから。妊娠と同時に、女性の人生はガラッと変わります。とても重要なことです。まずからだに負担がかかります。そして赤ちゃんを中心にした生活が始まっていきます。ひとりには戻れません。母子の繋がりはとても強いものです。お金も必要です。

〝好き〟とか〝恋〟のすぐとなりにある身近なこと。世の中の女の子や若い女性、そのパートナー、全員に幸せになってもらうために心から伝えたい事です。心持ちがみんなに連鎖していきます。家族や社会に。

「Pは大人の女の人だから、もうわかっていると思っていたよ」と後に彼に言われた言葉でした。知識はあったけど結局実践していませんでした。考えが甘かったです。子どもをつくる、子どもができる、ということに対して私が子どもでした。

あの時の自分の心理をよく考えてみると、私は彼のことが大好きだったので、GETしたかったのです。独り占めしたかったのです。繋がりたかったのです。あと先考えず好きな人の子どもをつくりたかったのです。子どもさえつくってしまえば……という、そんな気持ちが隠れていたように思います。


子どもがいれば、大好きな人とずっと繋がっていられる。

子どもがいなければ、大好きな人と簡単に離れてしまう。その不安。

自分にしっかり自信をもっている人は、子どもの側からタイミングを考えることができます。私はほとんど心の余裕を持っていませんでした。これは愛ではなかったです。

自分のエゴ。子どもに失礼でした。彼にもです。親がどんな気持ちで子どもをつくろうとしたかは大事ですね。自信のある人が子どもをつくるといいかもしれませんね。

後で彼が「おかしいな……と思っていたの」と言いました。そう、彼はきちんとコントロールしていたのです。守ってくれていたことに気づきました。

「Pは子ども」と言っていた彼。私は本当に子どもの特徴そのものなのです。自分ではもう大人だと思っていたのに……。

無邪気、純真、無防備、騙されやすい、危なっかしい、余裕が無い、まだまだ遊びたいことだらけ、これから学んで育つ人、先を見ていない、計算していない、智慧が必要、知らないことがたくさんある、彼は一言で私を表現していました。

本当に子育ての準備が出来ている親とは、どういう人なのでしょうか？
その前に、結婚の準備が出来ている人とは、どういう人なのでしょうか？

不安がひとつありました。彼に「私、障がいのある子どもが生まれたらどうしよう」と聞いてみました。すると彼は「どんな子が生まれても、例えば障がいのある子が生まれても、〝僕たち二人の子ども〟に変わりないんだよ」と言いました。
「あぁ……本当にそうだよね」私はストンと腑に落ちました。

ある日、お互いのからだに耳をあてて、心臓の音を聴き合いました。彼のからだはとても温かく〝ドックン、ドックン、ドックン、ドックン〟と鳴る音が力強く、はっきりと聴こえていました。命が音を立てていました。

これが〝生きている〟ということ。何だかとても感動しました。
〝この人が生まれてきてくれて本当にありがとう〟と思いました。

5《主人公はいつも私、何をどうしたいのかよく考える》

その人とのお付き合いは、いつも私が主人公であるように彼が動いていました。
その人は、私を自由にさせてくれていました。

「Pがイヤだということは絶対にしない」という主義で、自分の我を通したり、一方的な自分の主張、~しなければならないとか、押し付け、無理矢理なところは一切無かったのです。失礼が無い人でした。

いつも〝私がどうしたいか?〟ということを求められていました。考えさせてくれました。彼は横で静かにさり気なく、その時に必要な感じのいいアドバイスをくれる役でした。

何を選ぶか、それをする、しない、タイミング……。どんなに私がのんきでも、急かさず待っていました。

大切にしてくれたのは、私の気持ちや心の成長です。すべて私に意思決定権がありました。私の人生に添ってくれていたのです。

6《僕は大丈夫なの》

彼は自分が中心ではないのです。相手が先。相手が大切なのです。

「僕は大丈夫なの」といつも言います。

「どうしてそう思えるの？　いつからそう思えるの？　もの心ついた時から？」と私は聞きました。

「そう。自分でわかっていたの」

彼のまわりには、彼を頼ってくる人がたくさんいました。彼はみんなの世話役でした。

「いつもいろいろなたくさんの人のことを考えて、僕はもう頭の中がいっぱいなの」

と言っていたことがあります。携帯は鳴りっぱなし。

彼の人間関係、大切な人たちは計り知れません。〝人に何をしたかで、その人の価値は決まる〟

と言いますが、その人は本当にたくさんの人を助けていました。

方向づけや具体的なアドバイス、一緒に手伝ったり、時には自分が代わりに動いたり、いたわったり、安心させたり、力の出る言葉を贈ったり……。みんなが上手くいくように、いつも配慮していました。個人的な利益や喜びを追い求めていません。人のために生きていました。

「僕に趣味は無い」

7《お金が無くても生きていける》

その人は自分の持ちものを、〝欲しい〟と言う人がいたら、簡単にあげてしまいます。物欲や物に対する執着心があまり無いのです。でも、友だちの形見は大切にします。一度売られてしまったものでも探して買い戻します。

お金を取られても、彼は騒ぎません。「僕はお金が無くても生きていける」と言っていました。

確かに自分の〝衣食住〟にはあまりお金をかけていませんでした。究極、彼は、〝必要の無い生き方〟も出来るのです。

彼は朝から夜遅くまで毎日毎日一生懸命に働きました。いい仕事をします。そしてもらう給料は人のために使っています。だから自分のお金は貯まりません。でも徳を貯めています。関わる人の心の中に、何だかいいものを貯めていきます。自分がお金を貯めるというよりも、人がお金を稼ぐ力を育てていけるようにそれとなく働きかけていました。

こういう人と結婚したらどういう家庭になるんだろう。彼は「結婚したら、今までとは切り替える」と言っていましたが……。

今なら、彼はいつでもお金を、お金以上のものをつくり出す力がある人だとわかります。

「結婚披露宴に何十万もかけるなら、僕は老人ホームに寄付するよ」と言います。
「中の人たち、大変だよ」
「どうして知ってるの？　いつ知ったの？」と私は聞きました。

「結婚は二人だけで神社に行って神さまに誓う。それでいい。」と彼は言います。

「水が高い所から低い所へ流れるように、お金も、持っている人が無い人に差し出すのは、あたりまえなんだよ。という考え方がある」と言っていました。

8《未来は彼の言う通りになる》

テレビを見ていた時、ディズニー映画の〝ピノキオ〞が映っていました。

「ピノキオに出てくるこのコオロギ、僕好きなの」と言います。

小さいコオロギが、ピノキオのそばでいつもアドバイスをするけど、ピノキオはなかなか言うことを聞きません。そして失敗をしてしまうのです。コオロギは、〝僕の言う通りにしたら上手くいくよ。しないと失敗してしまう、損をしてしまうよ〞と言っています。

そう。私は今までいくつもの後悔をしています。彼の言うことを聞かなくて……。未来は彼の言う通りになります。その通りになります。後になって私ははっきりと失敗を自覚するのです。

彼は、私のスピリッツガイドでした。今頃気づきました。もう失敗はしたくありません。

9《あの世に持っていけるものをいただく》

その人は私に一度も〝好き〟とか〝愛してる〟と言ったことはありません。二人の間に流れているあたたかいものは、充分感じとっていたので安心でした。

お花ももらったことはありません。何かお店の商品を見て「僕が買ってあげようか?」と言われたことが何回かあったけれど、私は「いらない」と断わっていました。

「もし、それを失くしたら大変。壊れたり、ダメになった時、ものすごく悲しい。とても辛い気持ちになるから……いい」

「物じゃないものがいい。なくならないもの……あの世に持っていけるくらいのものがいい」私はそんなことを言っていました。

そして普段弱い立場でありながら、ひたむきに健気に働いて頑張っている人に、買ってもらうわけにはいきません。自分で充分買えます。それでも何かしらタイミングよく、ささやかに心あるものをいただいていたことを思い出します。

その人が職場の人に認められていくらかのおこづかいをもらった時、ほとんど私に渡してくれたこともありました。

二人の外食の時は、大盤振る舞いで注文し、食事の前には必ず手を合わせて、深い感謝の念を送り、そしていただきます。会計の時は、「男が払うもの」と必ず彼が支払ってくれました。決して私に払わせてくれませんでした。

10《物欲の無い境地》

当時の私は、買物人生でした。買物が楽しくて仕方ありませんでした。買物のために生きているような毎日でした。きれいなもの、かわいいもの、おしゃれなもの、美味しいものが自分のまわりに集まることが喜びでした。その素敵なものや何年か分の在庫を、たくさん持っていると安心で、無いと不安で、その荷物に埋もれた状態で生活をしていました。

荷物は、特に服は、部屋の中であまり回転していませんでした。多ければ多いほど出番は少なかったです。その管理の方が大変で、ずいぶんスペース、時間、労力を使っていたように思います。

ところが、修道女〝マザー・テレサ〟の荷物は、〝聖書、替えのサリー1枚、それを洗うバケツ〟たったこの3つだけでした。そして〝最底辺の人たちにこそ、光を与えていく〟という考え方で、貧しい人たち、見下された人たち、見放された人たち、孤独に死んでいく人たちのために、生涯行動し続けた人です。

その話を知った時、〝なんてシンプルで、かっこいい生き方なんだろう〟と私は感動してしまいました。

彼にその話をしたら
「Pもなりたいでしょ」と言われました。

「うん、なりたい」と答えていました。

「なれるよ」と、じっと私の目を見て言っていました。

「でも私まだ……あれもしたいし……これもしたいし……」私はごちゃごちゃ言っていました。

まだ未練や欲がいっぱいありました。


そういえば彼の荷物も収納ケース1つだけでした。

11《生き方がわからない》

「最初、Pも僕と同じ人かと思っていた。でも違っていた」と彼が言いました。

彼は助ける側の人です。余裕のある人です。

私は助けて欲しい、困っている人でした。余裕は無かったです。

特に大人になってから、いじめの構造やいじめの心理について考えさせられる経験が人一倍多かったと思います。でも後になって考えてみるとこの経験が、たくさんの人のいろいろな状況における、辛い立場を理解するのに必要なものでした。私が学ばなければいけない、詳しくなければならないことでした。この本を書くために与えられていた機会だったと気づきました。

「人に丁寧に優しくすればする程、上手くいかなくなってしまう。生き方がわからない。どうしてLは上手くいくのに、私は上手くいかないの?」すると彼は「完璧……だと上手くいく」と言いました。そして彼は、私に、「もっと怒って欲しいの」と言うのです。「誰かにイヤなことをされたら、もっと怒って欲しいの。悪口も言っていいんだよ」と。

意外でした。私はなるべく怒りの感情を出さないようにして生きてきました。生きるということは、出来るだけ我慢をするものなのだと思い込んでいました。そのように育てられてきました。倫理観の壁は高かったです。何か感じることがあっても、〝もう大人になった人に、そんな事をいちいち言うのは失礼かな〟と思って、言い返さないタイプでした。でも集団のレベルや、時と場合があるのかも知れません。

全員が好き放題に言っているのに、自分一人だけ何も言わなければ、そこは利用されてしまいます。静かな無抵抗の人はターゲットになります。〝いつもイヤな感情を受け止めてくれる係の人〟になってしまいます。きつい状況であればある程、人は楽になりたくてしかたがありません。楽にしてくれる相手を探します。私は、その条件がそろっていました。

彼は真剣に言います。「怒らないと、将来、とても大変なことになるよ」と。彼は未来を見ていました。

確かにそういうことはありました。本来の目的と違うことをしている人たち……。それに引っ張られていると、限られた時間やエネルギーがもったいないとも思っていました。向き合うには余裕が必要です。彼があんなに忠告をしてくれていたのに……私はその通りにしませんでした。

ただ心のどこかでこのテーマを研究している自分もいました。

自分は何もしていないのに、まわりが勝手に動いて、いろいろなものを付け足したりふくらませたりして、いつのまにか人間関係が崩れていく。そしてこの後はどうなっていくのだろうと観察していました。分析をしていました。何が起きているのか？

人は、いろいろな心を持ち合わせて生きています。みんなが機嫌良くはありません。意地悪な人、嘘をつく人、ずるい人、攻撃的な人。心が弱くて、悪いことをしないと存在していられない人がいます。なぜそこまでになってしまったのかと考えます。どこから狂ってしまったのかと。こういう人たちと、どう付き合っていくかは、人生最大の難しいテーマかも知れません。集団の力やパワーバランスもあります。

残念ですが、相手がかわいそうとか、問題を大きくしないようにとか、気を使って我慢をしてしまうと後々意外に逆効果になるようです。かばえばかばう程、相手の嘘が大きくなることを学びました。どんどんエスカレートしていく場合が多いです。黙っていてあげるという親切心が通用しない人もいます。私の我慢が問題をますます大きくしてしまうのでは意味がありません。

終わらせる行動が必要になります。だから〝怒る〟ことが大切なのでしょう。一時的にぶつかって壊れるものもありますが、その後の平和のために必要です。

私に足りないのは、〝怒る〟ということ。本当に彼の言う通りです。怒ってばかりの人もいるけれど、私はその逆でした。人によります。バランスが大事なのでしょう。大切な感情を押し殺していました。生きづらいわけです。

これは私のことだけではなく、世の中で起きている問題にも言えることです。騙されて、ごまかされて、見えなくされている場合もあります。本当に暮らしやすい社会をつくるためには、ひとりひとりが自立して意識を高く持って、おとなしい謙虚な人々も、怒るべき時に怒らなければ手遅れになる事もあります。その怒り方が難しくて、いろいろな人が試行錯誤している世の中かと思います。私たちは大切なものを今一度しっかり思い起こすこと。我慢強く、おとなしく、相手の都合のいい人になっていては危険です。

「悪い人は貝になる。本当だよ」と彼は言います。

12《群衆の持つ力は2通り、個と全体の関係》

「もし、ずっと、何も言わないでいるとどうなるのかなぁ」と私は言いました。すると彼は表情ひとつ変えず、「殺されるよ」と言いました。

〝イエス・キリストみたい〟と私は心の中で思いました。

同調圧力、群衆心理によってみんなの身代わりになった人。何も悪くないのに、良いことばかりしているのに、悪者にされてしまいました。一部の都合の悪い人たちからの嫉妬、そして人々の支配者や権力者を恐れる気持ちから。そんなことから始まったのだと思います。

その成り行き、その姿を、世の中に見せた人です。学んで欲しかったのでしょう。良くも悪くも群衆の持つ力を……。

群衆の中にいると、誰もその人が原因だと思いません。思われません。隠れていられます。誰も自分に責任を持たないでしまいます。無責任でいられます。

いつのまにか小さな芽は独り歩きしてしまいます。勝手に暴走していきます。最後は手に負えなくなります。そこが怖いところです。現代のＳＮＳの過激な炎上も、そういうところがあります。よくわからないまま膨れ上がっていく間違った動きのために、社会的に殺されてしまいます。事実が変わって、見えなくなってしまいます。

時と場合によって、〝ひとつひとつ個になる責任〟と〝全体になって協調する〟ということの切り替えが必要なんだと思います。

私はずっと、キリストの磔は、総督ピラトが一方的に行ったのだと思っていたのですが、ベルギーのアントワープのルーベンスの絵で有名な教会で、日本語の解説を読んで新たな発見をしました。

その当時、ピラトの側にいたある人が「その人は何も悪いことはしていない」と言いました。そこでピラトは騒いでいる群衆に、「本当にそうなのか？」と一度投げかけましたが、もう群衆の方は興奮してしまってイケイケ状態が収まりませんでした。正しい判断が出来なくなっていたのです。ピラトはそれに従いました。「いいんだな」


こうやって人の命が決められてしまいます。

群衆の心が、感情的に爆発し、混乱して、攻撃的に、批判的に、ネガティブに動く場合があります。

群衆の心が、理性的に、気持ちよくあたたかく、優しく穏やかに広がって、ポジティブに動く場合があります。

13《世界が心配、もったいない話》

私は彼の前で話したことがあります。

世の中を見ていると、先進国は本当に豊かなのでしょうか？

このまま進んでいっていいのでしょうか？

本当にこれが、〝進んでいる〟ということなのでしょうか？

昔の方が豊かだったのではないでしょうか？

自然の中の先住民や発展途上国の方が、むしろ豊かに思えたりします。技術がどんどん進んで生活が便利になるけれど、なればなるほど失っているものも多いと思います。


宗教もいろいろあるけれど、対立、分裂するようなことなのでしょうか？

誰かが不幸になるようなものなのでしょうか？

生きるのをどんどん難しくしているようにも思えます。最初に言った人は自由な意見であり、人が幸せになるための智慧を伝えたかったのではないでしょうか？


見方によって、それぞれの人の話に一理あるのかも知れません。誰かが力を持ちすぎてしまったこと、偏ってずっと聞いてしまったこと、に原因があるのかも知れません。広くいろいろな人の話を聞いたほうが判断しやすくなります。賢い部分やありがたい部分だけをいただきます。全部ではないかも知れません。自由に感じ取って選んでいいのだと思います。好きな本を選ぶように。

本当のことを求めたい時、道や生き方、良い、悪いとか、正しい、間違っているということを決めるのは結構難しく……その人にしかわからないこともよくあります。まわりの人や誰かのルールで決めるものではないのかも知れません。その人自身なのかも知れません。まず自由であることと、自分の直感を信じて答えを出すこと。そして責任も持ちます。

その時の時代や場所によって、考え方や方法はずいぶん違うものです。いろいろな人に伝わっていく時、その間にも、ずれてしまったり、意味が違って捉えられたり、変化していきます。最初のものはどこかへ行ってしまいます。伝言ゲームみたいです。直接体験した人と聞いただけの人の間には、もうそこでかなりの差が出てしまいます。見えないものがあります。

そして解釈によっては、１８０度変わってしまうこともあります。どちらも正解という事や矛盾もあったりします。解釈を間違えると人を殺してしまうことにもなります。社会的に、あるいは肉体的に……。

柔軟に賢く受け止めていかないとなりません。規則に縛られたりがんじがらめにならないように、私たちひとりひとりが自分の考えを持つことが大事ですね。

宗教の違いで、ケンカしたり戦争をしたりするのはもったいない話です。イスラム教は、最初は〝女性というものが、いかに魅力的であるか……〟と言いたかったのかも知れません。だから……なのでしょう。

どんなことでも、ひとりひとりが、自由に選択出来るといいですね。やめる自由もです。

私たちは一度、すべてをリセットして、本当に魂に心地よく響くものの方へ向かってみればいいのかも知れません。

日本には神さまがたくさんいて、おもしろいと思います。

神さまがひとつだけというのは危険でもあります。争いが起きやすいと思います。自分の神さましか認めない人がいます。それが同じものなのかも知れないのに……。

大きな間違いをしてしまいます。

彼が私に言いました。「Pが世界に7人いたら、世界は変わる」と。

14《どうして生まれてきたのか忘れている私たち》

「僕は誰とでも上手くやれるの」と彼は言います。

「そんな人っているの？」

「うん」

「じゃあ、たくさんの人を傷つける私のお母さんとも？」

「うん。出来るよ」


私は困った母の話をしました。日本では嫁をもらう時、〝その母親を見てから決めなさい〟という考え方があります。その考えでいくと私は完全にアウトです。絶望的です。

母は人並みな親戚付き合いなど出来ません。家族はもちろん、いつも人間関係をめちゃくちゃにしてしまいます。もし結婚したら、相手の人やその家族を苦しめるだけです。好きな人に申し訳ありません。

私は子どもの時から家族の作文が書けませんでした。そして子どもの時から自分は結婚しない人間だとわかっていました。だからひとり上手に生きていく覚悟でいたのです。

私は大泣きをしていました。

彼がその話を聞いて「僕は親を見て、相手を決めたりしない」と言ってくれました。

「母親がそうだからといって、娘もそうなるとは限らない。そうならない人もいる」そして「〝過去にいじめられたことのある人は絶対に採らない〟という会社がある。いじめのやり方を知ってしまったらその人も同じことをするから……という理由で。でも、〝だからこそ絶対にしない〟という人もいる」と言いました。

そしてその後に

「……それでも、どんな親でも大事。母親は世界にひとりしかいない」と言いました。
「確かにそうだけど……」
「例えばだけど、人殺しでも？」
「うん」
「……実は子どもの方が賢い」彼はポツリと言いました。

その頃読んでいた何冊もの本に、こんなことが書いてありました。子どもは生まれてくる時、ちゃんとお母さんとお父さんを選んで生まれて来ていると言うのです。何らかの目的をもって。

胎児の中に、あとから魂が入り込んでいくそうです。あの世にいる時は、その目的を覚えているのだけれど、生まれてしばらくすると、ほとんどの子は忘れてしまいます。

でも、稀に、その時のことを覚えている子もいるので、だんだん事実がわかってきました。

この世に生まれるためには、どうしても誰か、女の人のおなかを借りなければなりません。自分のために命がけで産んでくれる人、育んでくれる人を選んでいます。そうして欲しい人を選んでいます。両者にとってかけがえのない存在です。

でも、私にはまだ、その家に生まれたその目的は、わかっていませんでした。当時はただ〝迷子〟のような気持ちで生きていたように思います。彼は私の心の中を本当に見抜いていました。彼と話をして少し楽になりました。

このあと、彼は一度家に帰りました。そして大人っぽいジャケットに着替え直して、デパートの地下をぐるぐる〝迷子〟になりながら、品質の良い食材を求めて、また私の家に現れました。

「Pに料理を作るから。待っていて」私は子どものように出来上がるのを楽しみに待っていました。でも、その料理は、私１人のためのものでした。彼は「食べない」と言います。

しばらくすると、丁寧につくられた美しい日本の料理が私の前に並びました。彼はずっと横にいて、私が食べるところを優しく見守っていました。どんな料理だったかは、２人だけの秘密にしておきます。彼は私のために〝これ以上のものは無い〟というものを捧げてくれたように思います。もったいないような心尽くしのお料理でした。上品な旨味がからだにしみわたっていきました。この日のことは決して忘れまいと、全身で味わいながら、彼の愛情を感じ取ろうとしました。

こんな幸せなことがあるでしょうか？　さっきまで泣いてボロボロだったのに。今でもスーパーで、その食材を見ると胸が熱くなります。

それは、ひとつの節目でした。この日は、長い1日でした。

15《僕はおねえちゃんの相手ではないからね》

私は結婚願望がなかったから、このまま彼とのんきにお付き合いしていきたいと思っていました。しかし彼は、「僕たちは別れなければいけない」と言います。

彼の心の中の変化がわかりませんでした。もう少し詳しく説明してくれてもいいのに。「僕はおねえちゃんの相手ではないからね」と言われて、とても悲しかったです。訳がわからなくなっていました。あんなに仲良しだったのに。今だって……。

頭が混乱して精神のバランスを崩していました。

その人は、私が積極的にいろいろな人と関わったり、人脈を広げたり、新しい世界の扉を開けていくことを促してくれて、喜んでくれました。自由に、自分の判断で、人とどんどん繋がっていくことを。でも私は時々間違えました。

まわりにはいろいろな人間がいました。私を尊重していない、利用するだけの人も。彼は決して〝危ない〟、〝危険〟、〝やめた方がいい〟、〝離れて〟とは言いません。私に気づかせました。「おねえちゃんがおばあさんになった時、その男の人は何をしてくれるの？」とだけ言いました。

「確かに……」その一言だけで悟ることができました。私は道を間違わずに済みました。その男の人は、おばあさんになった私に用はありませんでした。

一方、彼の方は、おばあさんになってからの私のことを、それはそれはしっかり考えてくれていました。誰よりも幸せになれるように、絶対損をしないように、いろいろな贈りものを用意してくれていました。

16《「僕たちラブラブだね」そして別れる》

「人が出会ったり別れたりするのは電車みたいなもの。人生は電車みたいなもの。お客さんが乗ってきたり、降りていったり、一緒に乗っている時にそこで一緒の時間を過ごす。それだけ。」と言いました。

なるほど……一緒にその電車に乗る自由もあるし、降りて別の電車に乗る自由もあります。大事なのは、自分がどこへ行きたいか、何をしたいか、誰と……。

何もいらない私でしたが、最後にひとつだけねだったものがあります。

「指輪を買って」

「それは出来ない」

「誰かと結婚するんだよ。歳を取った時、誰かと一緒の方がいい。まず恋をしてね」

「シルクのスカートをはいてね」

「ポリエステルや化繊じゃダメなの？」

「うん。シルク。ジーンズははかないで。普段はいいけど」

「アジアの服を着て見せて」

その頃エスニック雑貨屋さんで素敵な民族衣装を見つけて買うのが好きでした。でもその時の私の返事は「めんどくさい」でした。その日が最後だなんて思わなかったのです。

「好きな仕事をしてね。お金もちゃんともらってね」

「どうして僕がおねえちゃんから離れるのか、おねえちゃんは知らない」

「どうして僕がおねえちゃんに近づいたか、おねえちゃんは知らない」

今までお付き合いの間は、私の主体性が求められていましたが、別れる時はあきらかに彼の意図、計算を感じました。徐々に徐々に私の様子を見ながら……。

私が辛くないように……。私が悲しくないように……。美しい想い出になるように離れていきました。

こんなに思いやりのある別れ方をつくってくれる人。出会って付き合うのは簡単だけれど……上手にきれいに別れるのは難しいものです。

彼は巧みでした。

ずっと私たちはニコニコして手を振り続けていました。そしてその人は曲がり角の前で立ち止まり、私に向かって深々と頭を下げてお辞儀をしました。

〝逆なのに……御礼は私の方なのに……〟と思いました。その姿は、今まで見たことのないような崇高な魂のにじみ出た最上級の所作でした。これが、その人を見た最後でした。

「私たちなんだか携帯が無くても繋がっている感じがするね」

「僕たちラブラブだね」

最後の頃の電話での会話です。

今はもう私はその人の連絡先を何も知りません。
彼も私の連絡先を一切知りません。

第三章

1《それは未来を知っている人の言葉だった》

それから何十年も月日は流れて、私たちはそれぞれの人生を歩んでいました。自分の道、自分のしなければならないことをしていました。

ある日テレビを観ていると、その人の国のニュースが飛び込んで来ました。大変なことが起きていました。たくさんの人が理不尽に殺されたり、捕まえられたりしていました。あたりまえの自由が取り上げられていたのです。今、世界のあちこちで、そういうことが起きています。非人道的な行為の数々。

この時にやっと私は、昔その人の言った言葉やその人の行動の意味を理解し始めました。何十年も後になって整っていく、たくさんの言葉、深い意味に驚きました。

そしてはっきりと彼が、ただ者ではないことに気づいたのです。世の中には時々、このようなずば抜けて意識の高い、霊性の高い、悟った人がいるのだと。人々を助けるために生まれてくる人。

彼はずっと前から、自分の国がそうなることをわかっていたのでしょう。わかった上で、あえてその国に生まれてきたのだと思います。人々を救うために。

彼の言っていた言葉は、その強い使命感の現れです。普通に受け取ることも出来ますが、本当は別の次元の言葉でした。

最初は〝何言ってんだか、この人…？〟と思って聞いていましたが、本当は深い深い意味を持つ言葉でした。彼のレベルはものすごく高かったのです。


「僕は今、日本のヤクザの本を読んでいるよ」

「僕の顔はデッサンしないで。イメージで描いて」

「一緒に写真は撮らない。1人で」

「僕が恋人をつくるのは簡単。でも今はつくらない」

「僕は悪いことも出来るし、やり方も知ってる。でもやらない」

2《その人となり、生き方》

その人が、焦ったり、慌てたり、苛立ったり、イライラしたり、不機嫌になったり、泣き言を言ったり、投げ出したり、怒鳴ったり、高圧的だったり、威張ったり、おごり高ぶったり、怖がったり、不安がったり、恐れたりするところを見たことがないのです。

瞳が澄んでいて、力があって、声が優しく、軽やかで、柔和で、朗らかで、聡明で、ウィットに富んでいて、ポジティブで、賢く、くるくるとよく働いていていました。

常に人のために、心と頭とからだと時間とお金を使います。

落ち着いていていて冷静で、観察力、洞察力が鋭く、人の心を見抜けます。何やら神通力があるのです。離れていても見えています。わかるのです。

未来が見えていて、時間がたつとその人の言葉通りになります。どこか悲しげに時々遠いところを見ているのがわかります。何かどこかとコンタクトを取っているような……私には入り込めない世界を持っています。

生まれる前のこと、前世のこと、広い世界のことも覚えているように感じます。だからいろいろなことを知っています。何でもすぐに理解します。

シンプルでわかりやすい、無駄の無い言葉、その言葉の力、完璧さ。何十年も先に向けた贈りものような言葉。彼の言葉は〝時間〟を超えています。いつの〝時〟にも通用しますが意味が変わっていきます。

未来がわかっていて、逆算したように必要な種をまいていく生き方。その種が芽を出し、成長するのを待っています。

3《〝神さまに会いたい、神さまって何？〟》

その人とは神さまの話がしやすかったです。じっと聴いてくれました。

「私は小さい時から、ものすごく神さまのことが、知りたくて知りたくてしょうがなかったの。生まれるとか、死ぬとか、あの世のこととか、世の中の本当の仕組みとか、どう生きたらいいのかとか……」

神さまのことをずっと探して、いろいろな本を読みました。広い世界のこと、昔の話、聖書、仏教の本、生き方の本……。そう、納得のいく哲学を究めたかったのです。

「神さまは、ボロボロの服を着て、家にやってきたりするんだよね。それを見て、親切にする人がいたり……バカにして相手にしない人がいたり……。神さまがそばにいても、みんな気がつかなかったりするんだよね」

「僕のおじいさんも会ったことがあるって言っていたよ。僕も神さまを信じているよ」

私は、世界中のいくつもの昔話や物語は、創作に見せかけて、本当は実話だったのじゃないかとつくづく思います。世の中は、不思議に満ちていることがだんだんわかってきました。衝撃を受けて、どうしても人に伝えないと大変だと感じた時、信じてくれない人々に何とかわかってもらうべくその手段として、昔話や物語にかたちを変えて残していったのではないかと思います。

昔も今も、同じことが起きています。この世界は……。

その人は、1を聞いて10を知るような人でした。10人の人がまわりにいて、みんなが勝手に話していても、あるいは何も言わなくても、ひとりひとりの心の中、言いたいことがわかってしまいます。


〝私のそばにいるこの人は、一体誰？〟

「Lって何者なの？」

「聖徳太子の生まれ変わり？」

「キリスト？」

「ブッダ？」

「神さま？」

「宇宙人？」

私は、矢継ぎ早に質問するも、彼は何を聞いても首を横に振ります。

「一体誰なの？　もう何が何だかわからない」

私は不思議な体験が続いて、もう、ずーっと頭が混乱していました。


でも時間がたつにつれ、最後に残っていくのは、〝愛だな――〟というものばかりでした。


私たちが、別れなければならない話をしていた時、

「あの世に行った時、私たちまた会える？」と聞くと、彼は「うん」とうなづきました。

「じゃあ、今度生まれた時は、私たち結婚出来る？」と聞くと首を横に振りました。

「じゃあ、今度生まれて、どこかで出会った時、すぐLだってわかるかな？」それに対して黙っていました。


常々彼は言っていました。

「僕は立派な人になりたいの」と。

「もうなっているよ」

「おねえちゃんは、そのうち僕のことを、ものすごく尊敬するようになるよ」

「もう十分尊敬してるよ」

「ハハーッってひれ伏すくらい。手の届かない、簡単に触れない人になるよ。

今は簡単に触れるけど……」

「これ以上どうやってなるの?」

私たちはそんな会話をしていたのです。


よく考えてみると、もうその人は〝生まれ変わらない〟のかも知れません。輪廻の終点に達する人なのかも知れません。修業を終えた聖人に……。


ずっと彼を見ていて私が悟ったこと……私の哲学です。

たぶん神さまというのは……自然。命。

愛の方向に動く不思議な力。

スピリチュアルなもの、こと。

すべての魂や霊を司っている場所。
心の中、行いを記憶している場所。
万物の理。
宇宙のエネルギー。
絶対的な宇宙の真理、その仕組み、その法則。
このようなことではないでしょうか。

そしてどうやら神さまには意思があるようです。天の計らいがあります。

複雑でシンプルなこれらの循環や調和のことを、よく観察していて、神の意思をよく理解している人がいます。ふつうの人間には難しすぎて、すべてのことは理解しきれないらしいのだけれど、魂がぴったり天や宇宙と繋がっている人もいるのです。

自分の命や人生を、その循環や調和のために、たくさんの人々のために、使おうとする人がいます。これらの人は普通の人とは行動が全然違います。この智慧のある人、悟った人が、神さまのように見えたり、神さまと言われたりするけど、女の人から産まれた生身の人間でもあるということです。

4《もう一度よく振り返って、分岐点を探す》

私は彼と過ごした時間のことを、もう一度しっかり見つめ、よく思い出す努力をしました。

実は私が結婚を断わったその日、あの長い1日から次々と大変なことが起き、連鎖して彼の人生に暗い影を落としていたのです。

その晩、彼は私の目の前で突然気を失って、棒のようにまっすぐに後ろに倒れて、ガラス戸に頭を突っ込んでしまいました。しばらく意識が無かったのです。ガラスが特殊だったので助かったのかもしれません。私が彼を必死に呼ぶ声はちゃんと聞こえていたそうです。

その3日後に、彼のお母さんが急に亡くなってしまいました。

このお母さんは、彼が小さい時に熱を出してなかなかその熱が下がらない時に、軍隊の扉をたたいて薬を手に入れてくれたのだそうです。〝きっと軍隊なら、外国製のよく効く薬があるはずだから……〟と。

彼は「お母さんは僕のヒーローだ」と言っていました。

その後、彼は日本でも、心を込めたお葬式をあげました。

しばらくすると今度はお父さんが、仕事で借金を作ることになり、体調も悪化させてすっかり元気の無い別人になってしまいました。貧しい人たちをとても大切にするお父さんです。働いても働いても、普通に豊かになれません。悪い条件の中で生きていかなければなりません。一生懸命頑張ってもなかなか実を結べません。この国では。

そういう国のシステムを、日本人の私は、まだまだ理解していなかったのです。

彼は小さい時、ベッドの下で、こっそり魚を飼っていました。「パクパク餌を食べてくれるのがかわいいなの」と。でもこのお父さんは、狭いところで生き物を飼うことを、ものすごく叱って絶対に許さなかったのだそうです。

彼は国に帰ることを考え始めました。逃れてきた人なのに……。

そして彼は、自分の国での、お母さんの葬儀のビデオが日本に届くのを待っていました。私に「一緒に見ようね」と言ってくれていました。でも、なかなか届きません。やっと届いたと思ったら今度は映っていませんでした。

彼は、すっかり精神的に参っていました。まったく様子がおかしい日々でした。

「先が全然見えない。明日のこともわからない」と言います。

彼が不安定なので、私も不安定になりました。これからのことを話し合いました。

「僕が日本人だったらよかった」と言い、彼は天を仰いで涙ぐんでいました。

お父さんのために帰ること。お父さんを助けること。お父さんの大切な人たちを、お父さんに代わって助けること。彼はこれからの新しい決意を胸に刻んでいました。

でも「また、日本に戻る」と言います。彼は日本にこだわります。その理由はなぜなのか？　未来を知っているからです。彼には、普通の人には見えないものが、よく見えているからです。

からだで戻ってくるのか……。魂で戻ってくるのか……。


「これからの僕は、もっと大変」

「これからの僕に、何もいいことは無い」と言うのです。

「私たちは、何か大きな力に引き離されたんだね」

「うん」と彼が言いました。

私は泣きました。


その後も彼は、お金のことで人と会ったりしていました。

「本当に大切な人にはお金を借りない。友情が壊れるから」

「計画をしていたことを、すべて断わってきた」

「準備していた仕事の話も、キャンセルした」

「誰にも迷惑をかけたくない」

「1人になりたい」

「人に会いたくない」

「引越しする」

「携帯やめる」

「今、働いているところもやめる」

どんどん人との繋がりを断っていきました。


これが分岐点だったとはっきりわかります。

「僕たちに優しい風が吹いていた時もあったけど……」と彼は言いました。しだいに私の呼び方を変えていったのも、この頃でした。私は、〝おねえちゃん〟と呼ばれるようになりました。「始めは男と女の関係だったけど、今は家族みたいなものだね」と彼は言いました。

私は彼の大きな計画を変えてしまったのです。今頃、気がつきました。〝キャンセルした〟というのはそういうことらしいのです。彼と私が一緒に組むことで、世の中を、未来を、変えることが出来たのに、まずいビジョンに向かわせてしまったようなのです。

この後の彼はどんなに大変だったか、私は知る由もありません。私が彼の心配をして、苦しむことがないよう彼は動いてくれていました。私のしたいこと、私の道を、十分に進めるように配慮してくれていました。

それは、私の近くに霊性の高い人が、まるで彼の引き継ぎをするかのように、代わる代わる側にいてくれたことが不思議でしかたがありませんでした。彼と非常に似ているところがあるのですぐ感じ取ることが出来ました。小さな子どもであったり、おばあさんであったり、医療者であったり……。

彼のことを忘れないように。スピリチュアルを信じるように。時々その人たちが私のガイド役になってくれていました。わかるのです。言葉に、行動に、現れていました。

大切な日、彼はタイミングよく夢に出てきて、幸せな気持ちにしてくれました。危険な時には、何だかサインを送って、気づかせてくれました。知った方がいい事を教えてくれました。

たくさんの不思議なことが次々起こり、私は信じるより他ありません。誰かに確認することではないのです。相談することではありません。誰かに聞いたり話したりすると、逆に訳がわからなくなります。間違った答えが返ってくることもあります。体験していない人には、わかり得ないことなのだと思います。私の身に起こっていることです。自分だけがわかることです。直感を信じることなのでしょう。

5《〝どうして私だったの？　他の人じゃないの？〟》

〝なぜ私だったのか？〟私がよほど弱っていて、消えかかっていたのかも知れません。その私の可能性を、最大限に引き上げたかったのかも知れません。その大きな変化を見せたかったのかも知れません。

ある時、一緒に鏡を見ながら「Pは元がいいから」と言ってくれました。でも、どうやらルックスのことではありません。

〝私のことをよく知っているのだろうか？〟

〝あの世で会っていたのだろうか？〟

私は小さい時からずっとアンテナを張っていました。神さまに会いたがっていました。神さまのことを知りたがっていました。だから本当にその機会を与えてもらったのでしょうか？　〝他の人ではない、この私なんだ〟と落とし込むのに時間がかかりました。

当時、私は傷ついて弱っていました。それは母のことです。そして、日々の人間関係にも。なぜか母は、真心が通じない相手でした。逆のもので返されるのです。たくさんの人が、母の側で泣いたり怒ったりしていました。人の人生を変えるくらいのことが起きていました。

娘に対する嫉妬の気持ちが異常に強く、辛くあたります。私に出来上がっている信頼関係を断っていきます。

そして母はいつも何かに怯えていました。マイナス思考を振りまいていました。母の言葉と行動は、おかしなことばかりでした。話し合いが出来ず、そのうちごまかしだすのです。

それらのいろいろな理由がどうしてもわかりませんでした。私は死んでしまいたかったです。疲れきっていました。尽くしても尽くしても母に届かない愛情をもてあまし、私は他人にサービス精神過剰でした。バランスが悪かったと思います。

無防備でお人好しで、今にも騙されそう。パワー不足で、智慧も足りず、今どこにいて、どこへ向かおうとしているのか。上手く進めずにいたのです。

元気が出なくて、めんどくさい病で、怖がりで、自分しか見えていませんでした。自分を守ることに必死でした。これ以上何かが壊れないように、無くならないように、キープするのに必死でした。ただただ個人的な夢の実現だけが心の支えでした。そんな心中だったのです。

表面的には出していませんでしたが、彼は見抜いていました。〝このままではPがダメになっていく……落ちていくだけ〟彼から見て私は、〝助けたい人〟だったようです。のびしろを、すごく感じてくれていたのかも知れません。

「いい子、みつけた」
「お前は、かわいいなの」
歩きながらプロレスの技をかけて首を絞めて言いました。まるで子どもの頃の私に話しているような言葉でした。彼は子ども時代の私のことも知っているように思いました。

小さい時、私は家族みんなが仲良しだったら、〝もう何もいらない〟と思っていました。でもそうじゃないから、だんだんと……その代替のものを探して心を埋めるようになっていきました。布団の中で泣いては、よく祈っている子どもでした。

彼は私に生き方を変える提案をしてくれていたのです。〝僕たちの結婚は、Ｐの人生をずっと豊かに大きく変えてくれる〟と。とてもマッチングしていたように思います。

彼は一緒に協力する人を探していました。ある目的のために。彼の中では、壮大な計画、仕事でした。未来の日本と世界を救う方法を知っていました。

彼は何も困っていません。足りないものはありません。透明な自由な翼をもっています。でもこの世界では、携帯電話やビザやお金の方が翼の代わりとなっています。

苦労していましたが、可愛らしく、よく働き、みんなに好かれ、みんなが彼を欲しがっていました。彼は養子の話も断わっています。いくらでも人生を楽に変える話はありました。

その彼が私との結婚を望んだのです。私としっかり協力しあうこと、組むことを望んでいました。

なんということでしょう。それを私は断わってしまいました。何も理解せず。だから大変なことが次々と起こってしまうのです。〝この人は特別な人なのですよ〟と天が教えてくれていました。

彼の落胆ぶり。私が、私たちが、どれだけ損をしたか。

6《自分の失敗、愚かさに、今頃気づく》

彼とだけは一緒になるべきでした。彼と一緒に、たくさんの人を助けたり、幸せに出来たような気がします。準備の出来た私であれば……。

今まで動けなかった私もくるくる回ることが出来たでしょう。彼の智慧の翼のおかげで。彼は私に最高の贈りものをしたかったのです。それが後に、たくさんの人々のためにもなるから。広がって、繋がって、きっとみんなが幸せになっていきます。

彼はいつも、〝本物〟を私に見せてくれました。〝本物〟をしっかり知っていれば、〝偽物〟との違いに気づけます。私にコンコンと教え続けてくれました。自分の身を削って。命を懸けて。

私のためにどれだけの心を使い、時間を使い、からだを使い、お金を使い、笑顔とあたたかい声で寄り添ってくれたことか。離れていてもどんなに時間がたっても、不思議な力を使って、コミュニケーションをとっていく彼のやり方。こんなありがたいことがあるでしょうか?

「僕はおねえちゃんに、本当にありがとうというものをあげるから」

私には愛が足りませんでした。彼への思いやりが……。どうしてだろう。今ならわかるのに……。あの頃、余裕が無さすぎたのです。自分中心に考えていたから気づけませんでした。相手になりきってみたり、立場を逆にしてみたり、助ける側になってみると良かったのです。

彼は一度も私を傷つけたことがありませんでした。言葉は言う通りになります。何か普通の人とは違う完璧性があります。言葉に表さない彼の本当の姿、目的に気づくことが大切でした。

何より彼の素敵さ、立派さを信じきればよかったのです。彼のしたいことを、思いっきり出来るよう応援すればよかったのです。まず大好きな人のために、優先順位を変えてもよかったのかも知れません。自分を後回しにして、相手のことを先にした方が、どちらももっと上手くいく場合もあります。

自由で平和のベース作りはとても大事なことです。外の人だから出来ることがあるのかも知れません。

マイナス面ばかり考えてしまいました。恐怖ばかり見ていました。その向こう側にあるものの素晴らしさを、その時は見ていませんでした。あまりにも怖がっていると失敗するのです。イメージ出来ることが成功の秘訣です。相手の持っている力と、自分の持っている力を掛け合わせた時……。

「Lのことは大好きだけど、Lの国が怖い。だから結婚したくない。でもLとはずっと一緒にいたい。結婚というかたちじゃなくてもずっと側にいるからね」私はそう言ったのです。私はその人の国を怖がってお断わりをしたのです。それ以上飛べませんでした。

「〇〇は、僕の国なんだよ」

「日本にいても、やっぱり僕は〇〇人なんだよ」彼は淋しそうに言いました。

私は彼のアイデンティティのところを大切にしてあげられませんでした。彼をまるごとすべて受け入れるくらいの大きさがありませんでした。

このお付き合い、彼はこんなに真剣なのに、私は彼ほど真剣ではなかったのです。見ていないものだらけでした。目の前や今、自分しか見ていませんでした。心に引っ掛かりがあって全体を見れなかったのです。

「Lといると、何だが大変なことがいっぱいありすぎて、私ついていけない。責任持てない」とも言いました。でもその原因は、なんと私にあったのだと気づいたのです。その分岐点から……。

結び付きの強いものほど、被害は大きいものです。マイナスに大きく働くのだと思います。

いろいろ大変なのは、国のシステムの問題、世界のシステムの問題であって、民族やその家族の問題ではないのです。みんな同じ心で生きています。人間は……。彼の側から、彼の人生を本気で真剣に考えていませんでした。どこか他人事。受け身すぎ。一緒に取り組んでいく、踏み込んでいく、姿勢がありませんでした。どうすれば本当に相手が幸せになれるのか？　相手のまわりの人々も。相手のニーズに応えられるのか？　もっともっと相談したり、自分の中のスイッチを入れていく行動をとっていくとよかったと思います。

彼は不平不満の言葉を並べて、何かを説明したり要求したりする人ではありません。言葉が無くても気づいて、くみ取って欲しかったであろうと思います。私の方の思いやり、行動が足りていませんでした。甘えすぎていました。

その少し前、彼は弁護士に会いに行っていました。彼は〝私たちの結婚までの手続きの流れ〟の

ＦＡＸを入れてくれました。それを見た時も、あまり前例が無い事を、やっぱり怖がっていました。こんなに立派な大好きな人と組むことが出来るのに……。イメージがついていきませんでした。

彼は、よくある話の、ビザが欲しくて言っているのではありません。本当に私を幸せにしたくて、守りたくて、来たるべき未来のために大きなことを考えていたのです。彼には自信がありました。でも私が怖がってイヤがってしまったのです。彼は、〝私がイヤだということは絶対しない〟と宣言した人なので、引いたのです。

自分が安定した豊かな国の安全な日本人であることに、どこかで自惚れていたのかも知れません。日本に生まれたことは特権階級だと。これが普通だと。でも普通ではない国、あたりまえの生活が出来ない人々はたくさんいます。人は、いつか立場が逆になる時が来るかも知れません。だから助け合いが必要なのでしょう。いろいろな助け方があるはずです。

私のニーズと彼のニーズは、ぴったり合います。
私は余裕のある国の人、でも魂が弱っていました。
彼は大変な国の人、でも魂は光輝いていました。

助け合える問題なのに、私は怖い理由で、天と力強くつながっている人の誘いを、断わってしまいました。そして世の中はどんどん問題が積み重なっていくのです。この様子はご先祖様も宇宙も見ているのでしょう。

私は本当は何を怖がっていたのでしょうか。彼の国ではありません。彼の国は魅力的な国です。生まれて育ったら、どこもふるさとです。家族や大切な人たちと過ごしたところです。想い出がいっぱいです。

怖がっていたのは、〝人の心の中〟にあるものです。自分にもあるのです。人の心の弱い部分。陥りやすい部分。それに自分も反応します。マイナスの感情。マイナスのエネルギー。そして無知なこと。智慧の足りなさです。

失敗をしてからでは遅いこともあります。智慧を学ぶには時間もかかります。迷ったら彼の言うことを聞く、その誘いにのってみる、その通りにやってみるのです。そのことの大切さ。損をしない、まっすぐ行ける、一番の道です。危険の少ない開かれた希望の道です。彼はスピリッツガイドです。

彼に「たぶん私たちの目指す所は同じ。でも私にはもう少し時間が欲しい」と言いました。自分の準備が出来ていません。次々と信じられないいろいろな事があって、頭が混乱したまま、迷いのまま、いくら素晴らしい方へ引っ張られても気持ちがついていきません。

「自分のペース、自分のスピードで、ひとつひとつ自分が納得をしたうえで進みたい。Lの言うことは、ほとんど合っていると思う。でも私は自分のタイミングで、自分の手で人生をつくりたい。Lは目的に向かってダイレクトに行くんだよね。私は寄り道しながらゆっくり行くんだと思う」彼は私の話をじっと聴いていました。

後に「僕はおねえちゃんの相手ではないからね」と言われて当然です。自分で断わったのだから。

彼は急いでいました。タイムリミットを感じていました。

7《私の使命と母の使命が繋がる》

私が長い人生の旅の末、たくさんの人に出会ってあることに気がつきました。母によく似た人がいます。同じ言動、同じ状況パターン、母との体験がかぶります。〝病気に詳しくなるように〟と彼は暗示してくれていました。

ある時、ストーンと頭に何かが入ってきました。〝障がい〟、〝障がいだったんだ〟

母には障がいが隠れていたのだと気がつきました。数々の母の残酷さの原因がわかりました。

〝この状態で子育てをしてくれたの？〟なんと大変だったことか……。

〝自分がもし、この障がいだったら……〟と思うと、私は多くが納得できるような気持ちに変わりました。母の側から考えて見られるようになりました。

母はいつも不安や恐怖とともに生きてきました。人が楽々通れる道を、母は人の心が見えにくいがために、真っ暗のまま進まなければなりません。まわりにいる何もかもが敵のように感じます。思いやりを感じたり、それを受け取ることができません。相手の愛情に気づけません。信じるものを間違えるし、騙されもするし、権力や規則に服従したがるし、演じること、魅せること、創ることで、欠点を必死に隠そうとしていました。不安や恐怖から自分を守るために、何倍ものエネルギーを使うのです。なんと長い時間がかかったことでしょう。本人もまわりも苦しんで苦しんで一生を使ってしまいました。

このような家庭、社会は、実はけっこうあります。気づくことが無い場合、どんどん歪んでいきます。世代を越えて、まわりに悪循環をつくっていきます。犠牲者がつくられます。あくまでも気づかない場合です。本当のことがわからないと不幸な人がどんどん増えていきます。

支援があれば助かります。できるだけ早く繋がることです。複数の専門家たちと一緒なら上手くいきます。放っておくと、外見は普通でわかりにくいが故に、逆に大きな社会問題に膨らんでいってしまいます。

私はドン底から絶頂へ、這い上がったような気持ちになりました。治る訳ではないので、時々引きずり降ろされることもありますが、理由がわかるので昔のような辛さはありません。それが理解なのかも知れません。

今は専門家のサポートがあって、ちょうどいい距離感で向きあえます。年老いたおかげで楽に生きているように見えます。重荷を手放すことが出来るようになったからでしょう。若い頃より不安や恐怖がとれているのがわかります。

私は母に長年したかったことが出来るようになりました。精一杯寄り添うことが出来ます。今が一番幸せです。こんな日が来るとは想像も出来ませんでした。

彼にはこの未来が見えていました。ずっと見ていてくれたのです。私はひとつの大きな役目を果たした気分でした。自分の生まれてきた意味、役目にやっと気がつきました。

母はあの世から生まれてくる時に、誰かとやり取りをしています。2人は胎児が障がい児であることを知っています。

〝それでも、あなたはあの赤ちゃんのからだの中に入るのか？〟と聞かれて母は〝ハイ〟と答える。

〝難しいよ。理解されづらい障がいだから……。人の心が見えなくて、人をものすごく傷つけるからとても嫌われるよ。淋しい思いをするよ。それでも大丈夫か？〟

〝ハイ〟

〝誰かが入らなければ、あの子は死んでしまう。あの子には、普通の子が持っていない素晴らしい才能がある。それを使って、みんなを特別に喜ばすことが出来る。行ってみるか？〟
〝ハイ〟
〝あの障がいは、まだあまりよく知られていない。気づかなくて、苦労したり、悲しんでいる人は多い。世界中にいる。これからたくさんのそういう人たちを、助けることが出来るかもしれない。途中まではものすごく大変だけれども、最後にはごほうびが待っているよ〟

そんな会話があったのかも知れません。

母は自分の覚悟を決めて、私の祖父母の子どもとして生まれてきました。この母の人生は、普通の人よりもとても厳しい挑戦でしょう。母は誰よりも強く優しく、立派な人なのかも知れません。母はひとつの命を救いました。祖父を亡くして途中からとても苦労する祖母のことを、知っていたのかも知れません。

きっとこれからも、母のような人が何人も生まれてくるでしょう。今もたくさんいると思います。気づかれないまま。その時に人々がこの障がいと上手に付き合っていけるように、母と私の経験が役に立つことが出来ると思います。心があたたまって、私はずいぶん元気になりました。

このタイミングが不思議なのですが、そのすぐ後、彼の国に大変なことが起きました。そして次の日、母は理由もよくわからず床に倒れていて、発見されました。母は無事でしたが……。

少しして私は気づきました。〝これは知らせだ〟と。また私に次の仕事が来ました。

第四章

1《あたりまえの生活が出来ない人たちがいる》

今、その人と私は真逆の環境にいます。
良いものは、すべて私の方へ……。
悪いものは、すべて彼の方へ……。
集まってしまっているように感じます。不思議なくらいに。

私は毎日、きれいなあたたかい布団に包まれて、安全を感じながら眠ることが出来ます。屋根、壁、床がしっかりしていて、雨や虫が入らず、適度に光や風が通る快適な家で暮らせます。ボタンひとつでお湯や水がたっぷり使えて、トイレも、お風呂も、歯みがきも、洗濯も困りません。いつも清潔を保てます。食べものも薬も売っていて買えます。病院にも行くことが出来ます。何から何まで自由に出来ます。これらがどんなにありがたい生活か、手を合わせるようになりました。

彼の残していた言葉からわかります。彼は今、人間らしい生活が出来ていないこと、劣悪で厳しい環境で生活をしていること。

「僕はおねえちゃんにとても悪いことをしたよ」
「おねえちゃんが笑っていると僕も笑っているよ」

「おねえちゃんはさわやかだよ」

「そのうち、からだ中全部が痛くなる」

「僕は甘いものはいらない」

彼は、私が後々気づくように、さり気なくほのめかしていました。あまり怖がらせないように

……。

2《息が出来ないくらいの使命感、これは私の仕事》

私は彼に何も頼まれてはいないのだけれど、これははっきり自分の番だろうと思います。

今まで彼にやってもらってばかりでした。なのに私は彼に何もしていません。何も出来ていません。自分に余裕が無くて気づけず、大変な苦しい方向へ向かわせてしまったり迷惑をたくさんかけてしまいました。

私の失敗の結果を、彼が引き受けてくれているように感じます。私を守るのと引き換えに、辛い部分は自分が担当しているかのように。いつまでも気づかない私のために、その姿を、厳しいビジョンを見せてくれているかのようです。

〝何が原因か、わかる？〟と言われているようです。

気づく時を、ずっと待っていたんですね。

当時、忙しい彼が時間を作って、時間をさいて、私と会ってくれていました。その待ち合わせに彼がたびたび遅れてくるのは、もっと大事な人助けの仕事が入ってしまうからだとわかっています。でも、やっと現れた彼に私がいつもの小言を言った時です。ポツリと彼が言いました。「……僕も待つのイヤなの」

気づいて準備も出来た時に、次の扉が開くようになっているらしいです。

「Pは何でも出来る人」

今の彼に比べたら本当に何でも出来ます。自由で余裕のある外の人は、何でも出来ます。

「ろうそくの入れもの、7つあるといいね」

彼自身は何でも持っていて足りないものは無かったけれど、〝地球上に光〟を欲しがっていました。

「僕に赤ちゃん生まれて欲しいなの」

それは単に同じDNAの子ども……という意味ではなく、

〝僕の心がわかってもらえて、それを大事に出来る人が生まれて増えていくこと。いつか僕が去った後も大丈夫な世の中になって欲しい〟という意味だと思います。

〝どんな時代が来ても変わらない宇宙の真理、叡智、に基づいた生き方をしなければ、上手くいかないんだ、と自分で気づいて行動して、それを上手に受け継いで行って欲しい〟という意味だったと。

私しか出来ない仕事があります。彼の人となり、彼とのやり取りを智慧として、多くの人々に知ってもらうことです。たくさんの失敗に気づいた今の私だから出来る、精一杯のお返しでもあります。この使命を果たさなければ、私はあの世にはもどれません。

●善友について

あるお坊さんが話してくれました。

□友が無気力になった時、側にいてその人を助けられる人。
□友が無気力になった時、財産を守ってあげる人。
□友が恐れおののいている時、安心させてあげる人。

□友が困った時、自分の用をこなしつつも、自分の何倍もの力を使って助けてあげる人。

この４つは、昔その人が私にしてくれたことそのものです。あれから何十年も経ちましたが、私は今、同じことをして恩返ししたいと思います。今の私には余裕があります。彼の贈りもの、天の贈りものをいただいたから余裕があります。

「僕はいいから、他の人にしてあげて」

彼がよく言う言葉です。自分に返ってくることを期待していません。

3《自分の生まれた国に、自分に、どんな余裕があるか無いか》

世界には、いろいろな理由で余裕の無い人がたくさんいます。その余裕の種類はいろいろあります。

□時間。
□お金、財産。
□衣、食、住。
□心、精神、愛情、霊性。
□体力、健康、身体能力、身体構造。
□技術。
□智慧、経験、知識。
□マンパワー。
□望ましい恵まれた環境。
□豊かな自然。
□資源、エネルギー……ｅｔｃ。

このようなものが全部揃っているとありがたいです。困りません。これらは恵みです。そしてこれらが無いと、足りないと、たくさんの問題が出て来ます。

今、世界は非常に偏っています。有り余るほど抱え持ってしまっている人たちがいるかと思えば、無くて足りなくて、あえいでいる人たちがいます。どうすれば余裕の無いところへも届けられて、上手くシェア出来るでしょうか。このデコボコに、工夫の余地があると思います。

犠牲者や苦しんでいる人たちの上に座って、潤っている人たちが楽しそうに生活しているのは調和ではないですね。

貧富の差、貧しい国があるのは悲しいです。ものを買う時、安い国と高い国があります。でもその国の人間の価値まで、安いことになっていないでしょうか？　スーパーで安く売るのとは違います。それはそのスーパーの自由です。工夫です。

経済格差でお得な旅が出来たりしますが、何か心苦しいのです。これはおかしなことではないのでしょうか？

国も人も、時間とともに、だんだん立場が変化していきます。競争したり戦いながら余裕を守るのではなく、始めから地球全体でシェアをする世の中であれば、どんなに気持ちよく永遠に楽に生きられるでしょう。全員が……。

今まで必要だと思っていたものも不要になり、無駄なものが取り除かれて、ゆとりが生まれて良い循環が生まれていくことでしょう。

私たちは生まれる国が違うと、生活が全然変わります。政治や権力の在り方ひとつで、生活が全然変わります。この現実。

実は世の中の問題は、全部繋がっているということに気がついてきました。だから悪循環もするし、解決すれば好循環もします。人のからだのどこか臓器が病気になっていて、放っておくとしだいに全身にダメージが広がっていくことになります。そういうことと同じだと思います。

ずっと前からわかる人にはわかっていて、何とか助けよう、守ろう、としてくれていました。そういう人は今までもたくさんいたのです。

その人は何も文句を言いません。ただするべきことをして、私たちが動きだすことを待っています。日本人に気づいて欲しいのです。日本人に、自分たち難民の姿を見せていました。

〝僕たちを見ていて〟

〝難民ってこうだよ〟とその苦労や大変さを見ていてもらいます。

〝どうして難民ってできるの？〟

〝僕たち何か悪いことしたの？〟

その人は、日本人の心の中に、すーっと入って溶け込んでいました。

「日本は平和ボケしているよ」

「日本人はのんきすぎる」


〝今、余裕のあるあなたたちもこうなりますよ。このままでは……〟

そういうメッセージが秘められているのではないでしょうか。急いで智慧を持って行動しないと、整った生活も、ある日突然失われて真逆の生活になります。平和な生活は紙一重かも知れません。世の中をよく観察することが大事です。俯瞰すること。その人は、私たちが農業や星や宇宙の勉強をすることをほのめかしていました。


地球をひとつとし、宇宙全体を見る考え方がいいのかも知れません。もし次の人生を選べたとしても、自分以外の人も、みんなが、全体が、満たされていないと、私たちは何度生まれて来ても苦労します。

今後、〝余裕があって幸せな人たちがたくさんいる〟というところに、自分が生まれることが出来れば本当に喜ばしいことです。

〝余裕が無くて苦しんでいる不幸な人たちがたくさんいる〟というところに、自分が生まれてしまうと厳しいものがあります。でも助ける目的で、あえて生まれて来る場合もあるでしょう。

本当は私たちはひとつ。一緒の所から分けられた、たくさんの魂だそうです。人が、私たちが別のからだであるのは、〝自由な体験〟、〝別の役目〟をするためです。だから助けることも可能なのです。

自分は困っていない状態、冷静な状態、苦しくは無い、痛みも無い、そういう余裕のある〝別のからだ〟、〝別の魂〟だから出来ることがあります。寿命が違うのもポイントです。

人それぞれ、まずは自由でいたいものです。〝〇〇しなければならない〟ということは無いのを基本とします。その上で自分はどうしたいかと考えます。何を喜びとするか。心の中のずっと奥にいつも何を感じているか。その人の天や宇宙との繋がり具合で変化していくことなのかも知れません。

問題から目をそらさずにいると、その原因がわかってきます。いずれ自分たちもそういうことになると、悟るようになります。世の中の仕組みに気がつけば……。

余裕のある国に生まれた意味は、そういうことだと思います。余裕のある人々こそ動けます。次の準備をしておくことです。今の努力が未来を救うからです。

徳を積めるなら、積んでおきましょう。余裕のあるうちに。

良いことをしたら、良いものがその人に返っていきます。

悪いことをしたら、悪いものがその人に返っていきます。

天や宇宙の存在があるから因果応報が起こっていきます。来世に影響していきます。これは希望です。

「いいことをすると、7倍になって返ってくるよ」

4《贈りものは、もうすでに届いている》

「僕はおねえちゃんに、本当にありがとうというものをあげるから」

〝何だろう〟ってずっと思っていました。でも贈りものは、もうすでに届いていました。私が包みを開けていなかったことに気がつきました。もっと中身を、本質を、しっかり見ようとしないから、いつまでたっても気づけなかったのです。

忙しくて疲れきった雑多な日常の中では、特に感じ取れません。気づくには、静かに落ちついたリラックスしたひとりの時間、集中して深く見つめて無になる時間にわかってきます。

すると今まで〝無い〟、〝無い〟、〝無い〟と思っていた世界が、新しい見方で〝ある〟、〝ある〟、〝ある〟に変わります。たくさんのものが見えてきます。身のまわりが贈りものだらけになります。〝これも〟、〝あれも〟、〝それも〟。

「おねえちゃんは普段あまり自分を見せたがらないけど、もっと自分をみせて」

まず私自身が私への贈りものということになります。命をもらった私は、かなりのことが出来ます。本当の目的を思い出したら、今まで経験したことは全部役に立ちます。辛かったことが人の役に立ちます。材料は揃っています。それを活かしていきます。必ず誰かのためになります。ひとたび気づくとまわり出します。天が喜んでいます。

そしてその人。彼とのやり取りのすべてが贈りものでした。奇跡の体験をさせてもらいました。

私は不思議と彼の前で、いい感情やいい言葉が出てきます。その日、悲しいことがあったとしても、どうでもよくなります。彼の前で話したことは、本当になるような気がします。誰かが、私のからだを通してしゃべっているような感覚があったり……。でも自分が言った言葉だからしっかり覚えているし、責任があります。

「私たちの関係ってきれいだよね」、と私は彼に言いました。すべての会話が愛おしいです。でもそれは、彼がちゃんときれいにしてくれているからです。彼はひとりひとりのしんどい部分、重たくて仕方がない部分をよく理解していて、その相手をしてくれます。手伝ってくれます。「いいよ、いいよ、僕がやるよ」と、よく言っていました。

彼は私の失敗を吸い取ってくれて、自分が汚れていきました。さらに人々の身代わりで、どんどん汚されてしまったのです。でも本当は何も汚れていません。

「僕の心は真白だから……」

唯一無二の稀なその人の存在、その人の行動に、気づかない人も多いです。私も本当の意味で気づくのにはずいぶん時間がかかりました。

のんきな私は、いつも忙しそうな彼に、〝リラックスさせてあげたい〟、〝疲れをとってあげたい〟、〝ゆっくり休んでもらいたい〟と思っていました。でも「僕は苦労するのが好きなの」と言われてしまいます。私の楽になる提案にのることはあまりありません。常に厳しい道を行きます。ストイックでした。

彼はいろいろな私たちの問題を、ひとりで解決したりはしません。魔法の杖を振り回すようなことはしません。私たちひとりひとりの秘めている力を出せるように、私たちを育てるように、働きかけていきます。時間をかけて気づかせていきます。

自分の動き方、自分の進むべき道を、自分、自分たちで考えてつくっていくように。そのために必要な言葉やインスピレーションを与えていきます。彼自身の行動でも示してくれます。

私たちそれぞれの自由な選択、意思を尊重してくれます。努力や結果を見ていてくれます。成長を認めてくれます。結果的に私たちは自身の力をしっかり使って、天やその人と協力した素晴らしい体験をすることになります。

〝棚からぼたもち〟ではないです。この贈りもの。

5《〝僕は傷つかない、ただ人がいつか気づいてくれるのを待っている〟》

彼が人を傷つけることは無いですが、人は彼を傷つけます。彼に対して嘘をついたり、裏切ったり、騙したり、嫉妬、妬み、見下し、差別、無責任な言葉、勝手なうわさ……。そういう場面もありました。私の失敗は大きかったです。

自分の持っている問題をすり替えるのに、ちょうどいい相手だと思われて利用されてしまいます。彼はそんな人の弱い心の心理は承知の上です。強い心で覚悟をしていて、前向きに気持ちを切り変えて対応していたように思います。「その人が、今はわからなくても、そのうちわかるようになる」とよく言っていました。

〝このことが相手にとって必要な体験になる〟
〝その人を成長させる重大な気づきになる〟
〝みんなはまだ完璧な世界を知らないからそうしてしまう〟

「僕をいじめる人は誰もいないの。この意味は難しいけどね」

●私の失敗

□彼の、未来からの提案に従いませんでした。信じきっていませんでした。本物を感じとる力が弱かったです。
□智慧や余裕が足りませんでした。ほとんど見えていませんでした。
□不安がいっぱいでした。確固たる強いもの、逆の気持ちが足りませんでした。
□恐怖心が強かったです。近づかなければ避けられると思っていましたが、自分の中にありました。
□自分の覚悟が足りませんでした。準備が出来ていませんでした。
□ビジョンが低かったです。望む世界をイメージする力が弱かったです。
□彼との秘密を守れませんでした。自分を中心にばかり考えていました。器が小さかったです。

私は自分が子どもすぎて、立派な彼と協力する準備が出来ていませんでした。彼とのお付き合いは、まわりの人には秘密でした。もしこれが守れていたら、いろいろなことがもっと上手くいっていただろうと思います。彼の深くて広い見通しなど、当時の私には想像も出来ませんでした。

〝オープンにした方が上手くいく〟、という考え方があります。でもそれはイヤなことや悪いことをされている時、見えなくて何か問題になっているような時の話です。そこを間違えてしまいました。

確かに見えないことだらけでしたが、私は彼に何もイヤなことも悪いこともされていませんでした。その逆でした。良いことばかりで、逆に何か騙されているのではないか？　とも思ったりしました。良ければ良いで……人間は勝手なものです。

ただ不思議すぎる初めてのことで、頭がいっぱいで混乱状態でした。それが重くて苦しかったのです。訳がわからなくて頭の中を整理したかったのです。当時、まわりの人間関係のいろいろなストレスもしんどかったです。誰かと共有して軽くなりたかったのです。ひとりで抱えきれませんでした。不安定な弱い心は近くの安易な人に理解を求めてしまいました。何か答えが欲しかったのです。

「神さまみたいなんだけど」と私が誰かに話した日、知らないはずの彼が吐いたり倒れたりして早退しました。偶然だと思っていました。

その後、次々と残酷な連鎖が起きていきました。これが人の無知や嫉妬の結果なのでしょう。その中には母の言動に似たものを感じさせる人もいました。

彼は事情のある人でした。普段あまりにも凛々しく聡明な人なので、私はつい忘れてしまいます。もっと強い心で守りたかったです。その時はまだ秘密にしておくべきだったのです。

秘密は、相手や自分の大切なものを守るためにあります。混乱や危険、嫉妬からも守られます。タイミングや相手を選んで、オープンにした方がいい場合もあります。秘密を守り通した方がいい場合もあります。見極めが大事だと思います。

結果、取り返しのつかない悪いことをしてしまった私ですが、それでも彼は文句を口にはしませんでした。ただ連絡の取れない期間がありました。彼にとって人生が変わるくらいの何かが見えていたのだと思います。それなのに、その後も彼は私を見捨てませんでした。

彼には彼の天命がありました。私を、私たちを成長させることです。私は、私自身がものすごく損をしたことにだんだん気がつきました。だから彼が言ったのです。意味を間違えてしまいました。私が贈りものを受け取りづらい状態を自分でつくってしまいました。

答えを言わない、ヒントしか出さない、その彼が言いたかったことは、

〝この贈りもの、智慧を受け取らないと、あなた、あなたたち自身が失敗をする、損をする、大変なことになるのが見えるよ〟

〝僕が傷つくということではない〟

〝僕は外側から見ている〟

〝僕と協力するということの意味〟

〝僕を信じるということの意味〟

〝スピリチュアルや完璧な法則に気づく意味〟

〝僕はあなたたちを助けたいんだよ〟

6《たくさんの人の役に立つ望みは叶う》

彼の前で私が〝望んだもの〟は、叶っているような気がします。今多くはその通りになっているので驚いています。現在進行形のものもあります。最終的には叶うのではないでしょうか。もちろんそれなりのそれに見合った自分自身の努力は必要です。当時、彼のまわりにいた他の人たちも望みが叶っていたように思います。

そして、彼の前で私が〝言ったこと〟は、本当になるような気がします。だからまずいこと、悪いことを言ってはならないと今頃思います。不安や恐れが現実になります。

彼自身というより、彼の魂と強くつながっている、天や宇宙のスピリチュアルの力が動き出すような気がします。壮大なネットワークが……。彼のからだは高性能の受信機かも知れません。

言葉は大事です。力を持っています。天に届いてしまいます。〝言霊〟とよく言われます。

みんなが幸せを感じる言葉をひとりひとりが言うといいですね。

天は聴いています。

みんなが幸せで暮らしているイメージをひとりひとりが思い描くといいですね。天はすべての人の感情や心の中を記録していますから。

彼の前で言うと、本当になります。実現します。望みは叶うというのがこの世の真実です。天には力があります。人生って、こんなにすごいことなの？　未来も、世界も、つくったり変えたり出来てしまうの？　受け身で生きているのはもったいないです。

まだ夢を見ているようです。その人が私の前に現れ、私と話し、私と過ごし、恋人になってくれたり、友だちになってくれたり、家族にしてくれたり……。私に、たくさんの贈りものを用意してくれました。私が気がつきさえすれば……。

彼は本当は、みんなに向けて言っています。
〝人生ってそういうことなんだよ〟
〝スピリチュアルとの繋がりなんだよ〟
〝目に見えないものの恵みなんだよ〟
私は、みんなが気づくための実例になるように選ばれたらしいのです。

〝自分で自分にしばりや制限をかけなければ、望めば、イメージ出来れば、どこまでも素晴らしい世界へ行けるんだよ〟
〝見ることが出来る、体験することが出来る、いくらでも広がるよ〟
〝人の役に立つ望みであればある程、望みは叶う〟

私は出会っただけで満足してしまいました。彼の方はもっともっとすごいことを考えてくれていたのに。彼は、自分と私が、未来に世界に一緒に協力するという〝最高の贈りもの〟を提案してくれたのです。もし結婚していれば最強だったでしょう。結婚して出来なくなってしまうこともありますが、彼はいろいろな可能性を感じていました。
助けるのが喜びだから。

小さな内輪の問題から、世界のあちこちの問題まで、悩める私と一緒に取り組んでいけました。できるだけ私たち自身の持っている力を使って。人々の素晴らしい成功体験が待っていたことでしょう。もっともっと高みへの成長、幸せ、約束された世界、未来です。

その特別な人から手を差し伸べられていたのに気づかず、その手をとらなかったのです。

「僕はおねえちゃんの相手ではないからね」と言う彼。

「じゃあ、Lは一体誰と結婚するの？」

「僕の結婚相手はまだ生まれていない」

「？？？」


始めは〝ものすごく若い人〟という意味だと思いました。でも違うのだとわかってきました。


〝意識が目覚めて、本当に大事なことに気づいて、その準備が出来た人です〟

〝彼の魂、智慧をくみ取って、一緒に行動を始めていく人、動き出す人のことです〟


〝あなた、あなたたちのことですよ。深い意味に気づいて〟

〝その時、一緒になれるよ〟

〝僕の手は、たくさんあるよ〟

〝天と繋がれば、大きな循環と一体になることが出来る。そのリングが僕の指輪だよ。宇宙と調和するよ〟

7《〝見せる言葉〟と〝見せない言葉〟、自分で気づくことの大切さ》

言葉の持つ力は大きいです。表面に出て来た言葉に人は影響されやすいです。言葉だけで判断する人も多いです。それを利用して騙す人も少なくありません。

その人が何の目的で、その言葉を、自分に、誰かに、言うのでしょうか。広めているのでしょうか。その人の、見せない部分を見つめることが大事です。

その人の心や行動が〝愛〟で動いているのか、はたまた対極にある〝不安や恐怖〟が根にあって動いているものなのか見抜けてきます。それは自分の心も一緒です。

彼は自分の心をしっかりコントロールしている人でした。

〝見せる言葉〟と、あえて〝見せない言葉〟で表現していました。

無駄な言葉が無いのです。良いものだけを出します。相手に必要のあるものだけを出します。他は出しません。あえて言いません。わかっていても黙っています。本当に大事なことは言いません。相手に気づかせようとします。いつかその人の中から答えが出て来るのを……気づくのを待っています。

そして相手にとって悪いもの、必要のないものは出しません。相手にとって必ず役に立つものだけを選んでいます。だから私は一生懸命に思い出しました。

言葉にして、その人に必要なものを〝道しるべ〟として示します。
言葉にしないで、自分の行動や姿を見せ、相手に感じ取らせます。

この2通りを上手くこなして、相手に気づかせ、体験させていました。そして未来では答え合わせが待っています。

気づかせる贈りものです。手さぐりで時間をかけて〝自分から気づく〟というのは、人に簡単に教えてもらうとか、誰かに何度も言われるよりも、ずっと価値のあるものになります。その人の身になっていきます。宝ものになります。

それに気づいた時、からだ中の細胞が震えるような感覚、魂が天と繋がるような感動や喜びがあるからでしょう。そんな体験を増やしていくことが、人間として成長するということなのでしょう。

普段、愛とか、神とか、魂とか、スピリチュアルとか、の言葉をほとんど口にしない人でしたが彼の〝行い〟がまさしくそのものでした。

8《智慧が足りないから上手くいかない》

●天の言いたいこと

天から見たら私たちは、〝次元が低いなぁ、全く無知だなぁ〟と思われています。おごり高ぶりの数々……。人間が世の中で、脳も発達していて一番賢い、偉い、と思い込んでいることです。地球上のトップだと……。

でも本当は、自然やスピリチュアルや天や宇宙にゆだねられていること、それがベースにあることを知っている人はごくわずかです。私たちに足りないものは、それらに対する敬意です。宇宙の絶対的な法則に対する敬意です。私たちは智慧が足りていないけれど、なんとか守られて生きている状態なのです。子どもたちのように。

そのことに感謝出来ている人が、どれだけいるでしょうか？
親も学校も、それを教えることが出来ているでしょうか？

大きなもの、全体像を知らずに、視野狭くして、近くの見えるものだけに焦点を合わせて、生きている人が多いのが今の世の中です。

天や宇宙の声を感じ取ろうとする力をもっと育てていけたらいいですね。宇宙の仕組みを無視した人間の生活、生き方は、どこかでおかしくなります。バランスが崩れて循環しなくなります。いつまでもきれいに循環出来ることが調和です。

智慧が足りないから上手くいきません。智慧から余裕が生まれてくるのです。智慧をもっともっと学べるといいですね。本屋さんはおすすめです。いろいろな人の智慧が集まっているところですから。気づかないと損をします。損をしていることにも気づかなかったりします。

●人の心の危うさ

不安や恐れは連鎖してどんどん膨れ上がっていきます。人の心の中の弱い部分と弱い部分が反応して繋がって、世界の問題が出来上がっているのではないでしょうか？　それを放っておくと残酷な結果になっていきます。でも多くの人は、それに自分も知らず知らず加担していることに気がついていません。

眺めているだけとか、待っているだけとか、見えていないとか、見たくないとか。時と場合によっては受け止めてみて、リスクのことも考えてみることが大事ではないでしょうか。

●人の心の素晴らしさ

たとえ不安や恐れがあっても、本当に欲しいもの、本当に見たいものがよくわかっていて、助けることが出来たり、愛に満ちてよい働きをする時の気持ちよさ、あたたかさ、喜びがあります。智慧と一緒に大きく広がって輝いていきます。天はいつもこれに協力しています。

●私たちはひとつ

大いなるものに見られています。聴かれています。記録されています。スピリチュアルと共にある生活です。天と人の心は繋がっています。

因果応報という仕組みが、ひとつである証拠ではないでしょうか。相手にしたことは自分に返ってきます。人の心を自分の心と同じくらい大事に思えればいいのですが、人の心がどうしてもわかりにくい障がいや病気もあるので、早い気づきと専門的支援で補えます。

天は本当にニーズの強いものから、多くの人の役に立つ働きをしている人から、動かしていくようです。それまでは、うんと苦労させておきます。それも後のお役立ち材料になるからです。

自分しか出来ない役割を、天の力を借りて、叶えることがちゃんと出来るのです。応援してくれる仲間も存在しています。この世界は、あの世で決めた目的を達成する場所です。そして来世にも影響していきます。輪廻転生もあれば、解脱もあります。人は人の役に立って、助けて助けて昇格していくようです。もちろん好きなことをしていいのです。それが人助けとなっていきます。

いかに私たちが繋がっているか、ひとつであるか、わかってきました。広大な宇宙もあればミクロの宇宙もあります。視点、見方、角度、次元、スケールのいろいろで真実が変わります。それによる矛盾もあります。逆もまた真なりです。どちらも正解だったり、体験が違うことによっていろいろな〝答え〟が存在しているのかも知れません。

●スピリチュアル体験のいろいろ

□彼には私が見えます。店や駅や道で、偶然会うことが多すぎでした。GPSはついていません。彼は、さも当然のようにサプライズを仕掛けてきました。私に体験で気づかせようとしてくれていました。そして別れてからは、どんなに会おうとしても会えませんでした。私の心の中、考えていることが、離れていてもちゃんと読み取れます。彼はテレパシーが使えるようです。わかってくれない人が多い中、彼はとても楽でした。ほとんど誤解が無く、私や私のまわりを理解してくれました。会ったことのない人のことも。私の何もかもを、お見通しです。私も真剣にテレパシーを使おうとすれば、コミュニケーションは成立するはずです。

□彼には未来が見えていましたが、私のために買ってくれた宝くじは当たりませんでした。私には必要無かったのかも知れませんね。

□当時の出来事に、未来に起きることとリンクしていることがたくさんあります。

□この本を書いている時、毎朝インスピレーションが入ってきて起きる状態でした。急いで書き留めて繋がっていきました。

□スマホで言葉を調べていると、ふだん使うことはないのに、勝手に彼の国の言葉に翻訳されてしまいました。日本語になってくれませんでした。何度かあり、〝応援されているんだな〟ってわかりました。

□パソコンで、〝地球が壊れる〟という文章のところに来た時、画面がガタガタに乱れるという現象がありました。

□大事な考え、いい思いつきがあると、タイミングよく天井の照明が鳴ります。まるで交信をしているかのように鳴ります。ピアノである曲を弾き終わると、聴いてくれていたかのように照明が鳴りました。1週間続きました。布団に入って寝入りばな、浅い胸式呼吸から深い腹式呼吸に変わる、その気持ちいい一瞬に照明が鳴ります。軽く一度起こされていることになるのですが、〝おやすみなさい〟というサインだと思っています。ほぼ毎日続いています。

□母の足の爪が異常に変形して病院通いをしました。その頃、私の足の爪にも小さなトラブルがありましたが、気がつくときれいに治っていました。母が身代わりになってくれたのでしょうか？昔、彼と爪の話をしたことがあります。「歳をとると、爪がだんだん硬くなって切りづらくなることがある。専用の爪切りがあるんだよ」と言っていました。それを思い出し、その時が来たのだと、その専用の爪切りを購入して母の爪のケアをしました。私の足の裏には、〝魚の目〟も出来ていたのですがしばらく放っていました。そろそろ本気で治そうと薬を買ってきたら、なんと消えていました。2日前にはしっかりあったのに……。その後、場所を変えて急に2回出てきました。？？？

□私は、母が骨折をしていることに気づいていませんでした。すると、自分の昔の骨折場所が突然激しく痛む日がありました。〝お母さん骨折しているよ〟と私に教えてくれたのです。

□庭の花が次々と白くなっていきます。去年までピンクや紫の花だったのに……。変化するあじさいではありません。私が「白い花が好き」と口にしたことが現実化したとも言えるし、もっと深い意味があるのかも知れないと思い、私は直感でたくさんの行動を起こしました。結果的に良いことになりました。

9《真剣な彼の願い、気づかないことによる被害》

別れる頃、彼は自分に起きた災難（病気やケガ）を、病院に行って病名を聞いて、お医者さんに紙に書いてもらって、わざわざ夜中歩いてでも私の所へ持ってきて知らせてくれました。「おねえちゃんに知ってもらいたい」と。そしてただ帰っていきます。最後の電話もそれでした。彼は人のために病院に行きます。自分のためにはあまり行きたがりません。

それくらい真剣に私に何かを言わんとしていました。〝自分に起きたことが、将来私の役に立つ〟という意味なのか？　確かにその後何十年かたって、私にも同じことが起きました。

〝病院で病気を調べること〟

〝病気に詳しくなって〟と促していたのでしょうか。

母の病気のことを言っていたのでしょうか。

〝僕に起こることをよく見ていて。そして危険をさけて〟ということなのでしょうか。

〝僕の国で起こることが、日本でも起こるよ〟というメッセージなのでしょうか。

「僕はPの前をいつも歩いているから」

「僕はPのために生きる。Pのために頑張る。Pを幸せにする」

「じゃあ、私もLを幸せにする」あの頃は、そんなことを言っていました。でも彼の中ではこれがずっと続いていたのです。

今は、彼もまわりの人も、どんな病気になっていてもおかしくないです。薬はありません。

彼は人に、怖がらせないようにものを伝えます。時が近づいてきたらだんだんわかるように。やがて人の心に静かにあたたかい火が灯っていくように。そして智慧や気づき、勇気や覚悟が生まれていくように。

当時、私は彼の国の言葉を自分で学んで、「少しだけ覚えたよ」と彼に言いました。でも、その会話の途中で、「僕は○○の国の言葉を日本人に教えない。どうしてだかわかる？」と彼は言いました。

「難しいから？」

「だんだんこれから豊かになって、どんどん国際的になって、英語がメインになるの？」と私が言うと、彼は首を横に振りました。

彼は「そのうち使わなくなる……かもしれない」と言いました。

「〇〇の国、なくなっちゃうの？」

それ以上、彼は答えませんでした。のんきなあっけらかんとした会話は横道にそれていきました。

彼は自国の危機をほのめかしています。そして日本も危ないと。それはどういうことなのでしょうか？

「日本にもスパイがいるよ。普通に働いているよ」

「日本は平和ボケしてるよ」

「日本人はのんき」

彼は何度か「僕は〇〇歳くらいの頭がある」と言いました。彼の言う〇〇歳というのは、今騒がれている、2024年、2025年になります。

これらの言葉から、私たちは何をどう気づけばいいのでしょうか？　これは自分で、自分たちで考えて気づいて行動していくことだと言っているのだと思います。

彼は私を通して、日本人に大切なことを伝えようとしていたのでしょう。本文中の〝P〟、〝おねえちゃん〟、〝私〟の所に、〝日本人〟という言葉を置き換えてみると見えてくるものがあります。私は日本人の性格、気質そのものなのかもしれません。

彼はもう私に、日本人に、伝えるべきことを伝えました。見せるべき姿を見せました。そして政治の非常に不安定な自分の国に戻って行ったのです。他国に行けば楽に生きていくことが出来たのに、わざわざ日本に来て苦労してまで私たちに教えています。

「国というものが無くなって世界がひとつになればいいのに」と私は言いました。

世の中は繋がっているので、どこかの問題を放っておくと、必ず自分のところまで来てしまいます。すべての人の魂を救済出来るのは、因果応報の仕組みや真理に基づくことかと思います。天や宇宙のスピリチュアルの存在に気づくことです。見えないものの力を大事にすることです。

次元の低い対立は、大切なものをたくさん失います。その時だけの損失ではありません。智慧を持って、私たちが生まれてきたスピリチュアルの原点に立ち返り、国と国との関係や国内政治が、不安や恐れではないつくられ方に変わって欲しいです。

気持ちの良いものが流れて循環する、調和のイメージが実現されて欲しいです。

10《人類の同じ失敗の原因は何？　不安や恐怖の心理学》

私は、今の世界の状況と、あの何十年も前の分岐点で、彼に言った言葉や、自分のとっていた態度が、大いに因果関係があるような気がしてなりません。彼は、何かを「キャンセルした」と言っていました。どうも彼は、天と私たちの間に立って、やり取りしている人らしいのです。それが仕事らしいのです。

望みを叶えようと助けようとしてくれているのに、何が邪魔をしているのでしょうか？　何が原因で上手くいかないのでしょうか？

それは私たちの心の中の、〝不安や恐怖の気持ち〟で上手くいかないようなのです。普段の心の在り方であったり、向こうにあるものが欲しいのに、この心がためにあきらめてしまったり、止めてしまったりしてしまいます。循環が生まれません。これを克服することが出来たら……。

私や私たちが、これに気がつくことを、彼はずっとずっと待っていたのではないでしょうか？　そういうことなのではないでしょうか？

それでまずはっきりと、私にそれを示しました。実例が必要だからです。〝天の計画、天の意思があること〟を、天と人との繋がりの実例を見せたくて、光の弱っていた私を選んでくれました。

私は自分に余裕が出来てから、やっとまわりに目を向けられるようになりました。世界のニュース、世の中の動きを見るようになりました。どこも同じことが起きています。原因は同じです。

私たちが今まで、大切なものを失ったり失敗した時の、共通の原因があります。それは〝人の心〟です。お釈迦さまも、キリストも言わんとしていることです。私たちはもっと真剣にならざるを得ない心の勉強をする時が、来ているのかも知れません。

智慧のこと。真理のこと。愛のこと。もう一度本当のこれらのことを知ることで、実践することで、壊れかけた人間や地球が整っていくのではないでしょうか？

本来の神、宇宙、大いなるものは、とても自由で気持ちよく完璧であると思います。でも宗教は人間がつくったものなので、最初の神の完璧性に対し、人の手にかかったところから、少しずつ歪んでいくという問題が起きてしまっているようです。宗教の中にいる神と宗教の外にいる神は違っています。神は宗教をつくってはいないのです。その会や組織が出来ていくと縛られ、別ものになっていくように見えます。宗教を俯瞰した時、その宗教の姿がわかってくると思います。

●不安や恐れが強すぎると、人はどういうことをするのか？

□自己中心的になります。余裕が無くて、いつも怒っていて、心をコントロール出来ません。他者を大事に出来ません。自分を守るために犠牲者をつくったり、責任転嫁をしてしまいます。
□ネガティブな感情を持ちやすくなります。嫉妬、妬み、ひがみ、意地悪な考え方をしてしまいます。人を疑いやすく、信じることが出来なくなります。
□認めてもらわないと排除されると思ってしまうので、評価を上げることに囚われます。あるいは常に1番で居続けなければならないと思ってしまいます。今のポジションをキープしなければならないと思ってしまいます。都合の悪い人をけなし、つぶし、悪口を広めたり、いじめたり、排除したり、相手のポイントを奪います。
○自分の問題や罪を人にすり替えます。隠したり、ごまかしたり、嘘をつきます。
○ついてしまった嘘がバレそうになると、さらに大きな嘘をついてかぶせていきます。
○いつかバレることを、ずっと怖がっています。
○相手の出来上がっている信頼関係を断っていきます。
○仲間割れをつくって混乱させます。
○権力者、立場の上の人、影響力のある人、得をする人に必要以上にアピールをします。利用をします。表と裏を使い分けます。
○見せかけます。愛のあるふりをして騙します。

□力関係の弱者をみて、自分はあのようになりたくないと思います。弱者に関わりません。見ないようにします。弱者を裏切って強者の側に付きます。強者に認められようと強者の真似をします。いつも損得勘定をして気が休まりません。

□1人ではいられません。不安なので、同じ目的の味方をつくって、群れようとします。〝みんな〟という群れの中で力を増して、自分を守ったり、隠したり、責任を逃れようとします。偽りの仲間を増やします。

□不安な人特有の波長を持ちます。同じ不安な人をすぐ見つけて引きつけ合います。そしてもっともっと不安にさせて引きずり込みます。

□自分が弱いことを知っています。強そうに見せて、威張ったり、怒鳴ったり、マウントをとります。

□もう負けているとわかっています。〝やられるかもしれない〟という不安から、やられる前に先に攻撃をします。

□生きていくことが心配になります。物やお金を抱え込んでしまいます。みんなのものなのに独り占めしたり、誰かのものなのにシェアを強要したり奪ったりします。変化を好まず、縮こまって動けません。

●評価が気になる

人がその人を尊重していないのもありますが、まず自分で自分を尊重出来ていません。人を落とすことで、やっと自分が立っていられます。自分で自分を尊重が出来ていれば、あまり評価は気にならないのではないでしょうか。

心に余裕のある優しい人は、人をあたたかく評価します。

心に余裕のない機嫌の悪い人は、人を意地悪に評価します。

評価は数では決められません。そこに良くない心理、連鎖、が起きている時は正しい評価は得られません。損得勘定で評価はいくらでも作られてしまいます。評価を気にし過ぎる人が、偽りの行動をとったり、ライバルの評価を下げるために、あの手この手を使うことはよくあります。たくさんの人に嘘を流しておいて、自分は知らないと涼しい顔をしている人がいます。でもひとりひとり調べてもとをたどれば、たった1人のその人に行きついたりします。

●本当は何を怖がっているの？

人は、勝手に不安や恐怖をつくってしまうのではないでしょうか？　勝手に膨らませてしまうのではないでしょうか？　人から人に伝わる時に、特に気をつけなければなりません。勝手に誤解をして、その誤解が誤解を生み、つくり上げられていきます。膨れ上がる虚像に注意しなければなりません。自分の不安や恐怖を確認する作業、よく見つめる作業、が必要です。そして本当の姿を知ることです。

自分の不安や恐怖と、相手の不安や恐怖が、反応してしまうと良くないことになります。もっと大きくなって広がっていき、人はくっついたり、よく考えないで、同じ行動をとってしまったりします。不安や恐怖で、不幸な人がどんどん増えていくのです。

連鎖と悪循環は人間関係をますます難しくしていきます。得体の知れないものを怖がっている状態になります。不安や恐怖。それはそれぞれの人の〝自分の心〟の中にすでにあって、離れられないものです。コントロールしていくものです。

●心の中を見つめる

人はよく犠牲者をつくります。誰かを悪者にすることで落ち着きます。みんなに問題があっても、自分に問題があっても、誰かのせいにすることはよくあります。楽だから……。人はすぐ楽な方へ行きたがります。〝弱い心〟があります。ひとりひとりの心の中の〝まずい動き方〟こそが原因です。個人の心の中を考察していくことです。不安や恐怖はまとめず、バラして見つめた方がよくわかります。

心のことをよく学んだ人はクリアしやすいかも知れません。修業をたくさん積んできた人、心の辛いこと大変なことをたくさん経験してきて、それでもつぶれなかった人、余裕のある人、気づきのある人はわかるでしょう。嘘や虚像が見抜けます。本物と偽物がわかります。〝強い心〟は智慧と関係しています。

●心と智慧の関係

どこから不安や恐怖が出てくるのでしょうか？　智慧が足りない、無知だと、その人の心は不安や恐怖でいっぱいになりやすいのです。不安や恐怖はどうしてもある感情で、０ではありません。生きるのにある程度必要な感情です。これで自分や家族を守ろうとします。

そしてこの対極にあるのは愛です。このバランスが大事になります。不安や恐怖を正しく知ってそれを大きく超えるくらいの愛でいっぱいだったら、上手くまわるようになるのかも知れません。成功するのです。

常にこれは愛なのか、不安や恐怖なのか、と問いかけます。私たちの心のあり方で、世の中が大きく変わっていきます。心の持ち方を誤ると、どういうことに陥るのかを、よく知っておきたいですね。上手く心のコントロールが出来るようになるといいですね。

最初の人の、必要以上の不安や恐怖を、いかに小さくすることが出来るか？　それは自分のことかも知れません。常に自分の心の中を冷静に見つめることです。正しく見ているかどうか？　不安や恐怖を持ちやすい人にすぐ気づいたり、悟したり、そのサポートも大切です。その人の心の修復、癒しの機会があるといいですね。

復讐はこちらの魂が汚れてしまうと言います。なかなか難しいことかも知れません。自分の正直な感情を吐き出すことも大事かも知れません。どちらにしても天がきちんと動いてくれます。因果応報でその人が責任を取ることになります。

魂を磨く。気持ちのいい心でいるためには、まずは智慧を学ぶということです。小さい頃から誰かに役立つことをしていると、いい循環が出来て自然と強くなれます。どこかから力をもらえる感覚を自分で気づけます。

私たちのからだの中にも、神の部分、神のかけらが、ひとりひとりに入っています。あの世や来世のことも意識して、死を恐れすぎず、自分の仕事をやりとげて、あちらの世界に戻るという喜びがあります。

〝死にたくない〟という人もいます。いろいろな技術も進んでいますが、そうなると〝聖なる循環〟はどうなるのでしょうか？　カオスです。

なぜ、今私たちの生活はこんなに機械に囲まれているのでしょうか？　人間が生きるのにこんなにいろいろ必要なのでしょうか？　素朴に疑問に思います。

私たちのからだは自然から成り立っています。私たちはやっぱり自然の生きものです。動物や虫や植物は仲間です。赤ちゃんやお年寄りが、安心して、喜んで、ほっこりするような生活にこそ本当の価値ある未来が輝いているのではないかと思います。

進んだ文明とは……。豊かな文明とは……。

便利でお世話にもなっていますが、私はずっと機械や技術が苦手です。それはからだに良くない反応が出るからです。ついていけないとか、手に負えないというのもあります。

その機械や技術も、〝賢くて強い愛の心〟と一緒なら、とても良いものになっていくのかも知れません。

彼は私に乗り物を勧めます。タクシー、車、船……。

「大きな船はいろいろなものを運ぶ。いろいろな所へ行く。大きな船はいいよー。おねえちゃんも乗ってみたいでしょ」と言ってくれたことがあります。でも私は「うーん、だって船は酔うんだもん」「なんでー」と彼。

私は今まで、いかに乗り物酔いで苦労してきたかを語りました。

「でも、ものすごく大きい船だったら酔わないかも知れない。ハワイの潜水艦みたいにシューって酸素が入ってきたら大丈夫かも知れない」と言いました。

その後、何年かして私は北欧を旅した時に大きな船に乗りました。その動くホテルはからだがとても自由で快適でした。彼の言う通りにして大正解でした。

でも最近になって〝彼の言っていた船って、もしかして宇宙船のことなのでは……〟と思うようになってきました。私は乗り物にも酔うけど、自分の数々の体験にも頭がクラクラしてどうにかなってしまいそうな時があります。そういう時はひとまず寝ます。一晩二晩と寝かせることで頭の中がしだいに整っていきます。朝起きて、〝やっぱり夢ではない、現実だ〟と落とし込んでいくのです。そしてこれは〝ありがたいことなんだ〟と受け入れていきます。

彼のお勧めならば、是非乗ってみたいです。信じられないくらい高度に飛躍した宇宙の技術。体験してみたいです。

何だかいろいろな世界がいっぺんに存在しているのでしょうか。この世はカオスでいいのかも知れませんね。怖がらないでおもしろがる生き方の世界へ行けるのかも知れません。

11《特別な脳を持つ母、放置と支援》

これはあくまで、気づかれていなかった、正しく支援されていなかった母の話です。特性も人それぞれ違います。ケースバイケースです。

小さい時、私は母に触ると怒られました。声をかけると怒られました。気分が関係するらしいのです。

よく床下の室や物置に入れられました。ある時、帰って来た父に助け出されました。

父は、母と私の関係を見かねて悩み、子どもを欲しがっていた妹の家に養女に出そうと動いた時期もありましたが、私がイヤがったのでその話はなくなりました。

小学校の先生たちは何かに気づいていました。「お子さんはずっと元気が無いです。きっとどこか病気だから、必ず次の面談までに病院に連れて行くように」と何度も母に助言して下さいましたが、母は理解が出来ませんでした。母に連れて行かれたのは皮膚科でした。

後日、「何ともありませんでした」と答える母でした。その後、あきらめるしかなかった先生たちの私を見る目や言葉が、なんだかあたたかかったのを覚えています。

よく父は母に向かって、「どうしてこんな小さな子どもでもわかることが、おまえにはわからないんだ?」「どうして人の気持ちがわからないんだ?」と悲しそうに怒る場面を思い出します。そこでも母はやっぱり理解が出来ず、私に嫉妬をしていたようです。私は最近になるまでずっとそこに気づいていませんでした。あれは嫉妬だったのだと。「あんたなんか」、「あんたなんか」とよく言われていました。

母は人間にはあまり興味を持っていなくて、ドラマも映画も感動しません。私の薦める小説の本も……。ただ母には才能があって、家族のために喜んで服を次から次と作ってくれました。緻密な作業が得意でした。完成度も高かったです。そして音楽や美しいものが大好きで、私もずいぶん影響を受けました。ありがたい想い出です。

写真を見ると、いろいろなことをしてくれた母が写っています。母に愛情が無い訳ではありません。一生懸命、親業をしてくれました。感謝で胸がいっぱいになります。

ただ、こちらの愛を受け取ってくれません。いつも一方通行でした。
もっともっと、一緒に遊びたかったです。
もっともっと、一緒にお話がしたかったです。
もっともっと、一緒に笑いたかったです。

母は目に見えるものはよくわかります。でも目に見えないもののことがよくわからないようです。何かの能力が高い一方で、驚くほど感じ取れないものがあります。アンバランスな特別な脳を持っていることがわかります。構造が違うようです。

人の心や言葉の真意が見えにくくて、状況を正しく捉えることが出来ません。失言をしていつも怒られて、たくさんの人を泣かせて、説明されてもその意味がよくわからず、怒り出してそのまま生きていくしかありませんでした。母はトラブルメーカーでした。

身内や親族の濃い関係の、複雑なコミュニケーションが取れませんでした。話し合いから逃げたり、相手を追い出してしまいます。母は口が立つので、違う現実を作り上げて、言葉で人の人生を変えてしまいます。

さかのぼってみると、実家でも消されてしまった人がいます。トラブルはすべて、母に対する支援の薄い時期、無い時期に起きています。正しく叱る人もいなかったのです。

祖父が若くして病気で亡くなり、その日から祖母は、1人で7人の子どもを育てていかなければなりませんでした。乳飲み子がいたので長女を働きに出して、お給料のすべてを家に入れてもらいました。「長女なんだから当たり前でしょ」という言葉がよく使われていたようです。祖母は必死です。がむしゃらに働きました。家の中はピリピリとした雰囲気で「言うこと聞けない子は出て行きなさい」と言われました。

母は次女です。状況や真意を正しく理解出来ない母は、祖母の〝この言葉〟を真に受けました。〝この家で一番に認められていなければ、自分は母親に捨てられる〟という恐怖から、母は祖母の前での点数稼ぎをすべく、自分の仕事や勉強をものすごく頑張りました。そして自分のことを我慢して一家のために献身的な働きをしている立派な長女を、逆に認めませんでした。

母は「ありがとう」と言うべき時に、「長女なんだから当たり前でしょ」と祖母の言葉をオウムのように真似て何度も言いました。この言葉がどれだけ長女を傷つけて悲しませたことか……悔しかったでしょう。母と結託して同調する姉妹もいて、長女は攻撃され、簡単に引きずり降ろされてしまいました。

ずっと後になって母は、私にも同じようにこの言葉を言いました。昔から母に染み付いている思考癖と言葉でした。私はこの叔母と同じ気持ちを体験しました。その人の立場や状況によって使っていい言葉と、使ってはいけない言葉があります。言葉は時として意味が変わります。母は言葉を切り取って、自分も使ってみたくなるのです。

長女は、怒ったり言い争ったりしたのでしょう。でもわかってもらえませんでした。長女は家を出て行きました。縁を切られて。

残酷な結果になってしまいました。消されてしまった叔母。叔母は人生を変えられてしまいました。私の父親は、「姉妹がおかしいぞ」と時々言いました。でも母が激怒して話がストップしてしまいます。ずっとこのことに触れるのは親族内のタブーとされてきましたが、私はだんだんこれがとても大事なことのような気がして、この問題の中に入っていきました。そして母の病気と姉妹間の塗り固められた嘘に気がつきました。

当時の祖母は、余裕が無くて気がつくことが出来ませんでした。プライドからか、恥ずかしさからか、生活保護を断って無理をしました。そのしわ寄せがいろいろな所に出てしまいました。母に違和感を感じていても、認めたくなかったのかも知れません。嫁にさえ出してしまえば自分の役目は終わる……安泰だ。そう思っていたのでしょうか。

なかなか子どもが出来ない祖母でした。まわりからは「離縁だ」、「離縁だ」と言われ、やっと出来た子どももダメになり、立場がありませんでした。きっと長女は、祖母の人生を、家族を助けるために、何度もからだに入ったのかも知れません。私は今、この叔母にささやかな償いをさせてもらっています。天国の祖母も今はすべてをわかっているはずです。心から詫びているでしょう。みんながそれぞれに必死で、余裕が無くて歪んでいったのです。

母は社会的地位の高い人や権力者にぴったり付きます。自分がその中の一番の人間、優秀な人間でいないと、世の中から排除されるのではないかと怯え、そういう人に必死に自分の優秀さをアピールします。誰かを否定してでもほめられようとします。評価を気にします。歴史的にも、母のような人たちが本当に排除されたそういう時代もありました。

父が亡くなった後、自由奔放に一人で暮らす母はどんどん暴走して行きました。見下されていた子どもには止められませんでした。父の役割はとても大きかったです。大事なところでしっかり動く人でした。私は父の愛情をよく覚えています。

時が経ち、私はそんな老いた母と一緒に暮らす決心をしたのです。その理由は、東日本大震災がありました。それと、あるおばあさんに、「あなたのお母さん、幸せね」と言われたことがありました。その時私は、ずっと他人のお世話をして人生を終えるのだろうかと思い、階段をもう一段上がってみる挑戦をしたくなりました。

ある日その施設でお雛様を目にしました。もう何十年も実家のお雛様を見ていませんでしたが、それはまったく同じものでした。懐かしくて心が動きました。祖母は私が生まれた時に大きなお雛様を買ってくれたのです。ずっと昔の祖母はものすごく生活が苦しかったのに……。その立派なお雛様を見た時に、何だか〝帰ろう〟と思いました。〝今、私の居場所はここではない〟と。後で知ったことですが、母はそのお雛様を自分のもののように大事にし、毎年出して飾っていたようです。

私はもうたくさんのいろいろなことを学んで、難しいものと向き合う準備をしてきたので、母と上手くやれると思っていました。心はうれしくて前向きで何も恐れていなかったのですが……なぜか妙な夢を見ました。寝ている私の上に、母が重くのしかかってきて、首を絞められる夢でした。ずいぶん強烈な夢でびっくりしましたが、確かにそれは正夢になりました。

あんなに淋しがっていたのに、同居して母はすぐ豹変してしまいました。相手がいることにより支配者のようになりました。私を見方だと思ってくれません。怖い顔でにらまれて、罵声を浴びせられます。誰も助けてくれません。

病院にも福祉にも繋がらず、近所にも理解されない日々が一番きつい時期でした。私は八方塞がりで苦しみました。母に殺される。母より先に私が死んでしまうと感じていました。攻撃が強ければ離れて距離をとらないとどうしようもないと悟ったのです。

これ以上嫌いになりたくない。無駄に傷つきたくない。私がいることで母も苦しんでいました。私は母の前から姿を消しました。

そしてまた何年か経ちました。

今度こそ福祉と繋がる時が来たのです。ガラッと状況が変わりました。このタイミングは絶妙でした。トントントンと天が上手く運んでくれているようでした。この頃、母と私はある人に騙されることとなりましたが、それも必要悪だったのかもしれません。私はやっと自分が活躍出来るその時が来たのだと、すぐ動き出しました。

福祉のありがたさ。こんなにも安心なものか……と感謝の気持ちでいっぱいでした。長い年月のもんもんとした不安や苦しみから、とうとう抜け出すことが出来ました。一気に味方がたくさん増えました。母も救済され、私も救済されたのです。母と私は少しずつまわり出しました。1対1では無理でした。複数の専門家の支援が必要でした。

心に余裕が生まれ、しばらくした時に、母のもうひとつの病気に気がつきました。家族や親族がもっと早く見つけなければならなかったものです。長い間、誰も気づいてあげられませんでした。母の人生は生まれてからずっと、不安と恐怖と孤独と劣等感と嫉妬でいっぱいだったことがわかります。母はとても真面目で、決してふざけたり、なまけたりしていませんでした。いつも鎧を着て身構えて、たったひとりで戦ってきたのです。

私たちは病気の気づきと、正しい理解や正しい支援が欲しかったのです。

今はおかげさまで、とても安心で穏やかな毎日を過ごせています。やっと〝ピンポンのような会話〟が少し出来る親子になれました。私のすることを何でも喜んでくれます。おもしろくてしょうがないです。尽くしがいがあります。私は母にずっと渡したかった〝贈りもの〟を渡すことが出来ました。そして母にもらった言葉はあの世に持っていきます。こういうことがしたかったのです。辛い思い出が消える訳ではないけれど、そこに幸せな上書きが出来た事、それにはたくさんの人の力があったことに感謝しています。

私は世の中の犯罪が、悲しい出来事が、〝放置されたこの障がい〟と関係しているように思えてなりません。大昔からあったはずです。

もっと早く気づいてさえいればこんなに苦労していませんでした。たくさんの人に影響を及ぼしてしまいます。悩み、苦しみ、悲しみ、耐える……。自分に使ったそれらのエネルギーを全部相手の支援にまわせたのです。

●この不幸の連鎖を断つには

□おかしな言葉やおかしな行動の原因に早く気づくこと。観察して向き合い、多くの例から学んで詳しくなること。病院へ行くこと。

□専門家とつながって多角的な支援を受けること。

□相手とのいい距離感を探ること。無駄に苦しまない、傷つかないための工夫が必要。

□本人の不安や恐れが虚像であることを悟して、対極のものを注いで支援を続けていくこと。まわりの人の正しい理解や協力があること。世の中全体の仕組みや存在の意味や個人の価値を伝えていくこと。

□本人の得意分野や役立つ能力で世の中と繋がり、良い循環を作っていくこと。

家族には難しいのに、不思議と他人なら上手くいくという場合があります。段階や時期、年齢によっても変わります。世の中には、もっともっと深刻な難しいケースがあることを知っています。〝離れる〟、〝環境を変える〟というのも、大切な選択肢です。

●障がいや違い

程度によっては、本人もまわりも大変だったり苦しい場面もあったりします。もし病気や障がいが無ければ……と考えることもあります。宇宙のどこかには無い世界もあるらしいです。でもこの地球にあるのは、きっとたぶん、ドラマが生まれるために天が用意したのかも知れません。そう思うと味わい深い気持ちになります。

現実の理解、原因の理解、その支援は大切です。そしてせっかくの〝特別な贈りもの〟を、この世界にうんと活かせるようにしたいものです。そのためには、〝高度な意識の社会〟がベースにならなければなりません。あきらめてしまうか、活かせるか、人間たちの力量を見られているのだと思います。〝胎内記憶〟の神秘をみんなが考えてみて欲しいです。

この世に生まれてくる人は、みんな誰かの大切な人です。たとえ親がいなかったとしても、あちらの世界の大切な人です。これから出会う人の大切な人です。

この世は、あちらの世界も含めて全体でまわっています。繋がっています。宇宙からの応援もありです。

12《天から見て、助けやすい人と助けづらい人がいる》

どこかの星に比べて、地球で生きるというのは本当に大変らしいのです。日々の苦労、ストレス、疲れは半端なく、人々は一時的に心地良さ、快適さ、便利さ、楽しさ、面白さ、喜びを感じようとします。そしてまた苦労、ストレス、疲れの生活を繰り返します。

このしんどいものはどこから来るのでしょう。それは全体、集団の次元が低いからです。本当の循環と調和がとれていないので、そのしわ寄せが出てしまいます。このままではいつまで経ってもここから抜け出すことが出来ません。当たり前だと思ってあきらめている人もいるかも知れません。

でも人によっては上手に生きているのです。その人は大事なことに気づいているからです。よく世の中を観察して発想から換えています。今までの常識や価値観を崩すことから始めています。上手くいかないのなら、無くしてしまいます。新しい生き方を探します。

必要のないものを手放して、本当に欲しいものをはっきりさせます。もっと楽になっていいのです。もっと自由に、軽く、幸せになっていいのです。柔らかい頭を目指します。天の意図をよく知って、天から見て助けたい人になることです。私たちと天が繋がっていると知っている人は、上手に生きていると思います。

天から見て、助けやすい人と助けづらい人がいます。天も、きっと忙しいと思います。逆の立場になってみるとよくわかります。

誰かに良いことをしてあげようと思っていても……拒否する人、怖がっている人、信じない人、自分しか見ていない人、こだわりが強すぎる人は助けづらいです。

でも素直で、純粋で、心を開いている人、信じてくれる人は助けやすいです。ただ騙されやすい人とも言えます。これは紙一重なのだけれど、智慧があれば補えます。

世の中の大きな全体の仕組み、循環と調和のイメージがわかると、とても生きるのが楽になります。大きな完璧なものにゆだねられていて、安心であることがわかります。自分はその一部であるということです。

競う必要も、戦う必要も、1番になる必要も、妬む必要も、不安になる必要も、怖がる必要も、奪う必要も、抱え込む必要もありません。

自他共に認められる完璧な仕組みになっています。調和さえしていれば上手くいきます。世の中はきちんと動いていきます。

13《彼が無言で私に託したこと》

天が見て嘆いています。

どうしても人間はわかってくれない。心を上手に使ってくれない。見えるものしか信じようとしない。見えないものの大切さをわかってくれない。見えないものこそ中心にあるのに。心や魂やスピリチュアルのこと、天の力のこと、宇宙の全体の仕組みのこと。

私たちは、技術の進歩で、全部わかったつもりになっています。でも壮大な宇宙には、もっとすごいインターネットがあります。宇宙の始まりから未来までの出来事、ひとりひとりの想念や感情は、すべて宇宙のこの膨大な記録庫に残されているそうです。嘘やごまかしは通りません。

今、地球はもうガタガタです。宇宙の仕組みが壊れそうです。急いで心を戻さないと、大いなる循環も調和も壊れてしまいます。

もちろん、天はそんなことをさせたくありません。だから天は、人間の姿をした〝智慧あふれる者〟を地上に贈りました。その人は自分の役目をよくわかっています。人間のかたちをしていないと人は信じません。どんなにいろいろな方法で、スピリチュアルについてのメッセージを送っても、正しく気づいてくれません。天の声がわかりません。天の意思がわからないのです。直接言葉を聞いたり、行動や見本がないとよくわかりません。ある程度みんなと同じで、でもどこか違います。

〝心〟です。〝強い精神〟を持っています。〝最上級の魂〟を持っています。天は〝愚かではないもの〟を見せます。対比させて人間に見せています。そして気づかせます。

それが、彼です。びっくりする話です。

彼の言っていた〝ピノキオ〟の話は、上手く出来ていると思います。世の中の仕組みをよく表しています。天からのインスピレーションによって書かれたものだろうと思います。

人形のひもは、本当はずっと長く伸びていて、天と繋がっています。私たちは普段、天に動かされています。素直にスピリッツガイドの言う通りにしていれば、上手く運ぶのに、世の中には誘惑が多いのです。どうしても自由に好き勝手にやってみたいのです。そして失敗しながら分別がつき、大切なものがだんだんわかっていきます。心のコントロールが自分で上手に出来るようになるまでは、修業の身です。

ある時、ピノキオに、今までにはない力強い特別な気持ちが湧いてきて、勇気を出して行動しました。不安や恐怖はあるのに、あまり感じませんでした。特別な気持ちの方が勝っていました。そして……何かが大きく変化しました。

とうとうピノキオは、長い間願っていた望みを手に入れました。ひもがとれて本当の人間になりました。大切なおじいさんと、愛し愛される家族になることが出来ました。

遠い昔から、同じような言い伝えやお話はたくさんあります。人の心やスピリチュアルの関係について。先人たちの残したい智慧だったのでしょう。

その人は始めから自分の死に方を覚悟して生きていました。そして人々にいつも、自分の姿、自分のすることを見せていました。いつも紳士でした。一貫性があって、何十年たっても軸がぶれません。その人の生き方は本当に美しいのです。

彼は私の魂に強烈な印をつけていました。自分の行動が、私を通して、いつか世の中に広まることをわかっていました。私は彼から選ばれた、なかなか気づかない日本人の1人でした。〝気づき〟があれば救われるのにと思っています。そして、その答えは自分からは言いません。私の成長を待ちます。

「おねえちゃんはそのうちものすごく尊敬されるよ。今おねえちゃんをいじめている人が、みんなおねえちゃんのことを尊敬するよ」

彼の言葉は心に残ります。本当に私に必要なものだけを道しるべのように、3次元の世界に点々とつけてくれました。私があとから歩く時、ヒントになるように。道がわかるように、いくつかの言葉を目印にして進ませてくれました。進むうちに次にかかわる言葉が見えてきます。そして、どんどん謎が解けていきます。繋げると一冊の本になりました。

彼の国では、男女が一度お付き合いをしたら、簡単に別れたりしないのだそうです。しっかり責任を持つか、きちんと見合ったような謝礼をするのだそうです。特に彼はそういう気持ちの強い人です。

「僕はおねえちゃんに、本当にありがとうというものをあげるから」と彼の言葉通り、私は天地がひっくり返るくらいの贈りものをいただきました。

彼は、私が最初は怖がったり未熟者でダメダメで、いろいろ失敗することも見越していたのかも知れません。失敗をあえて体験させ、その上で気づくようにする。本当の道をわからせる、進ませる、そういうシナリオで、地球の次元上昇のお手伝いをする役目を用意してくれたように思います。人間は失敗をしないと本当の進むべき道がわからないようです。誰かに、あるいは何かに、悪いことをしてしまったと気づいた時、人は成長出来ます。だから失敗が教えてくれるのです。

世の中は光が当たっていない所がたくさんあって、今の世界は苦しくて辛い感情の人が多すぎます。放置されている問題も多くて、助けて欲しい人がたくさんいて、重い負のエネルギーが地球上で連鎖反応をして、悪いことが次々と起こっている、そんな状態だと思います。

地球の次元上昇の鍵となるのは、〝助ける人〟が増えることなのだと思います。極限に追い詰められた時、人はどんな行動をとるのでしょう。今も私たちは天に試されています。

私たちは何らかの体験がしたくて、この星に生まれてきたようなのです。私たちが地球上で愛を体験するのには、愛ではないものがなければ、愛というものを本当に体験出来ません。どれがそれにあたるのか……気づけば学びやすいですね。愛のそばには必ず逆のものがあります。その役をする人も、ものも、必要だったのです。地球はとてもドラマチックな星です。

「あきるよ」と唐突に彼が言いました。天国と言われるあちらの世界やどこかの星は、何にも困らない、イヤなことが無い、平和で自由で思い通りで楽しいことばかり。ところが、それがとても幸せなはずなのに、幸せに感じなくなってしまう時が来る。

だからたくさんの魂が、あえて地球に転生してくるのかも知れません。ドラマをつくれる地球に。苦労をわざわざしに。それを乗り越える幸せというものを体験したいのでしょう。でも、ここはけっこう厳しいところ……。

一生懸命に信念を持って頑張っていても誰かに悪く言われることがあります。愛されている人ゆえに、悪いうわさを流されます。私たちは波動や内側を見抜く力がまだまだ上手ではないので、人に簡単に騙されます。自分の頭を使わない人、ゴシップ好きな人、騙されていく人たち……何度も見たことがあります。人間は洗脳されやすい生き物なのです。

どういう人が、どういう気持ちで、どこを見るか、どんな見方をするかで変わってきます。それが〝善〟になるのか〝悪〟になるのか。〝光〟か〝闇〟か。中庸に居られないものか。人は人によって振り回されます。切り取られた話、言葉は、全く違う意味になることもあります。注意が必要です。

この世界に生きていて、しっかりしなければならないのは、自分軸を持つことであり、この世は波の世界です。インターネットのマークもそうですね。波にさらわれないようにどう乗り切るか。いろいろなものが渦巻く中で、〝そして私自身は何を見るか？　どこを見たいか？〟だけのことだと思います。人の数だけ現実があるということになります。

家族、友達、仲間の絆は、深い時ばかりではありません。淋しい時もあるでしょう。何よりも、私たちはひとりひとりが、元々神（宗教を越えた）と太いパイプで繋がっている、ということを自覚することが最も大切かも知れません。傷ついて辛くて自死して欲しくないです。地球に生まれてきた意味から思い出してください。

14《どんな結婚だったら上手くいくのか》

あるセラピストが言っていました。相談内容のほとんどが〝家庭のこと〟、〝家族のこと〟なのだそうです。家庭問題はそれだけ難しいのですね。近すぎるからでしょうか？　少人数だからでしょうか？

結婚というのは本当にいい制度なのでしょうか？

〝結婚は地獄。忍耐以外の何ものでもない〟と言う人がいます。わからなくもないです。〝独身者こそ勝ち組〟と言う人もいます。

家庭の中って本当に守られているのでしょうか？

小さい家族のその壁の内側は、外からは見えないのです。たくさんのストレス、しがらみ、暗黙のルールに縛り付けられているようにも思います。女性も、男性も、子どもも。それぞれに立場があって……。息苦しい場面はあるでしょう。小さい家族単位は、上手くいく場合と上手くいかない場合があるようです。

子どもはいったい、どんな環境に生まれて来るのが一番幸せなのでしょうか？

考え方として、まず親が今、幸せでいるということ。子どもは親が幸せそうだと、それだけで幸せです。もし親がそうではない時、子どもは健気な行動をとります。犠牲にだってなります。大人や親世代の教育、意識改革、心の充実が先で、子どもたちはそれを見て真似をして生きていけます。そうすると、子育てが今よりもうんと楽になるでしょう。

今カツカツだから子どもをつくって、その子どもに国に必要なお金を納めてもらおうとか、子どもに労働力になってもらおうとか、あてにして〝産めよ、増やせよ〟と言うのは、物や機械みたいで、余りにも、子どもにも女性にも失礼かなと思います。子どもが出来るというのは、お互いに命懸けで、神聖なこと、神秘的な現象ですから、第三者に〇〇しなさいとか、命令されたり、圧力をかけられたり、制限させられたりするのはおかしな話。少子化対策や世継ぎの問題には、今までデリカシーが無さすぎていたように思います。

もっとスピリチュアルな視点で、自然に産みたくなるようなアプローチが欲しいです。助成金だけ出てもスピリチュアルは動きません。もっと本質的な魅力的なものが欲しいのです。未来が見通せる安心感や平和な世の中が先です。女性が大切にされて、元気で自信を持っている社会であったなら、きっと上手く繁栄していくと思います。母子の絶対性を理解し、それを応援して助ける社会。女性の幸せが社会の基盤なのでしょう。

一夫一妻制の結婚という制度が出来たのは、明治時代だそうです。縛りを付けることによって一部の人が守られるように、都合よくなるように作られた制度で、これにより女性は特に大変になったと思います。純粋にみんなのために考えられたものではなかったようです。これが生きづらさのもとになっているのではないでしょうか。世の中のお金、仕事、土地のあり方も絡んできます。歳を取っても老体に鞭打って、生活のために働き続けなければならない人たちがたくさんいます。

今の時代は複雑になりすぎて、何が本当に大事なのか見えなくなっています。自然を大事にしてシンプルな生活をおくっていた大昔の時代に、学べるかも知れません。

自由を押さえつけられたり、縛り付けられたり、〇〇しなければならない、ストレスだらけ……。こういうものに素朴に疑問を持って、極力無くして、出来るだけ自由に、軽く、楽しい方へ、今日は〇〇したいから、という気持ちで毎日生活する。そんな世界は可能だろうか？　と妄想してみる今日この頃です。

家族単位ではなく、適当な大きさの集団、コミュニティを社会とし、手伝ってくれる人もいる、相談者もいる、逃げ場もある、違う考えを教えてくれる人もいる、尊敬できる人もいる、大好きな人もいる、楽しい人もいる、個性的な人もいる、遊び相手もいる、赤ちゃんもいる、お年寄りもいる、旅人もいる、多種多様な人が親戚のように暮らす。出来るだけ自給自足や物々交換で生活は成り立つので、安心がたくさんあります。

自分の持っているものと同じだから安心したり、自分の持っていないものを持っている人に魅力を感じたり、両方の気持ちがあります。だから外部と時々交流します。人も、ものも、時間の流れとともにいろいろ掛け合わさって、より強く、より優秀に進化していくのが自然でしょう。ルーツにこだわることで、悲しみや苦しみ、問題が生まれるのであれば、自然から学んで答えをもらうのがいいと思います。自然は自由です。ちゃんと神さまは、濃くなりすぎないように配慮してくれています。彼も、掛け合わさっていくことのすばらしさを勧めていました。

人間は本来、性的なエネルギーにあふれた生きものなのかも知れません。相手を意識するとか、近づくとか、肌を寄せ合うとか、赤ちゃんも自然とやっています。本能的なことなのかも知れません。〝できちゃった婚〟とか〝授かり婚〟は、ものすごく自然なことなのかも知れません。ただ今の世の中のシステムでは厳しいです。受け入れ態勢を先につくっておかないと難しいです。よほど条件がそろっていないと女性が苦しくなっていきます。

アフリカの、とある原住民は、そこに生えている何かの植物の葉を食べると、女性の生理をコントロールすることが出来る、と聞いたことがあります。そこでは女性が計算をして、自分のペースで主体的に伸びやかに生きているのかも知れません。

自由に愛を交換し合いたい人は交換する。そして幸せな気持ちになる。そして産みたい人は産む。そして育てたい人は育てる。何かの仕事をしたい人は仕事をする。みんなが同じことをしなくてよくて、その人が得意なことをします。

自分の持っている時間、愛、エネルギー、をどういう風に使っていきたいか？　人それぞれにあるでしょう。気持ちが変わることもあります。いつもリラックスしている状態で、その時の気持ちを大切にして、本当にしたいことだけ心から取り組みます。人は我慢をしない方がキラキラした愛を増やせます。こんな風にシステムを変えたら〝永遠に遊ぶように生きていける〟のではないかと……。「そうだよ。本当は遊んで暮らせるんだよ。南の島の方では、そうやって暮らしている人たちがたくさんいるよ」と彼も言っていました。

私は芸術家がいいです。絵を描いて焼きものを作って遊んだり、子どもたちとおしゃべりしたり、毎日ピアノを弾いて、自分でスイッチを入れられない病気の人やお年寄りに音楽を届けます。畑仕事を少しだけして採れた野菜を食べて、よく寝て、もっともっと健康な人になりたいです。美しい景色の中に住み、時々旅に出ます。何だかワクワクしてきます。でももうすでにほとんどやっているような気がします。新しいこともするかもしれません。満足すると卒業です。

私は彼に宣言をしていました。「〇〇歳になったら朝から晩まで好きなことをして暮らすの」気がつくとその通りになっていました。私が今一番したいことはこの本を出版することだからです。情熱を注ぎました。彼は悲しんで泣き暮らす私を望んでいません。どこを見るか。何を見るか。私の出来る社会貢献、喜び、成長が彼の幸せになります。スピリチュアルの理解は人を成長させます。みんなが理解出来るようになれば地球は上がります。世界がひとつになります。

「言っても わからないと思うよ」と言っていた彼です。そう、体験が一番なんです。

彼が私に、「誰かと結婚するんだよ」と言っていたけど、それは２０２４年、２０２５年、その後を乗り切るために言ってくれた言葉だと思います。それだけ大変なことが起こるような気がします。なかば強制的なリセットで、人間に大事なことを気づかせる、グレートリセットなのでしょう。心が試される時。

今の結婚という制度は、まだとても難しいものなのかも知れませんが、もし自分に次のようなこれくらいの心の準備や覚悟があったなら、あの時、あの人といい結婚が出来たのかも知れません。

人とがっちり組むということ結婚は、相手を助けるくらいの気持ちでするもの。そして自分も一緒に幸せになるのです。結婚は覚悟。頼って甘えて楽になることではない。今よりもっと大変になるかもしれないけれど、それ以上の喜びを体験するために一緒になります。

ある程度成長した人、いくつものステップを上がってきた人同士が、さらなる次の目的、かたちをつくるために結婚をします。その時期は人それぞれ違います。準備が出来ていないと困難に立ち向かえません。

一緒に暮らしていても他人であるという謙虚さを持つこと。相手の側からも常によく考えてみます。相手の大切にしている人やものを、自分も大事に出来たらいいですね。相手の自由を奪わないように。縛り付けて自分のものにしようとしない。損得勘定で相手を利用しない。

夫婦もひとつの循環です。尊重して助け合っている調和のとれた夫婦に円満があるようです。微笑ましい夫婦になりたいですね。


結婚しているから、出来ること出来ないことがあります。

独身だから、出来ること出来ないことがあります。

その人がその人生で何をしたいかで変わってきます。まわりの目を気にせず自分の正直な気持ちを大事にしたいものです。人それぞれに使命がありますから。

私はどうしても母の障がいに気づくこと、インナーチャイルドを癒すことが優先だったようです。そして自分の子どもを産むというよりも、子どもが生まれてきてもいい環境、いい土台をつくる人になりたかったんだとわかってきました。

15《彼のお返事が来た》

今朝、夢を見ました。

私はどこか知らない町にいます。旅なのか……。バスに上手く乗れなくて、目的地を乗り過ごしてしまいました。終点まで行ってしまいました。

明るい広い、無造作でシンプルな、開放感のある食堂に入りました。客もまばらで、のどかな様子です。遅いランチタイムのような……。

テーブル席を見まわしました。遠いけど、真正面にいるのはあの人でした。

あれから年を重ねたあの人が目の前で笑っています。仕事仲間か、側の誰かが先に席を立つところでした。彼はその人と話しながらも、リズミカルにスプーンを口に運んでいました。次の仕事が待っているのでしょう。人望厚い、朗らかで親しみやすい、あたたかいあの表情がよく見えました。あの懐かしい声がはっきり聞こえました。

「姪っ子がいる。あの時のちっちゃかった子が、もう○○歳なんだよ」と話していました。そこで目が覚めてしまいました。

私は近づいて声をかけることをしませんでした。どこかで次元が違うとわかっています。手の届かないところにいると……。

私を安心させるための穏やかで平和な夢なのでしょう。〝僕の心はそうなんだよ〟と知らせています。

私は涙が出てきました。また天井の照明が鳴りました。

〝私は今もあなたのおかげで、道に迷わず生きていられます。私の側に来てくれて、本当にありがとう〟

よく考えたら〝姪っ子〟っていうのは、この本のこと？

〝〇〇歳〟は、ちょうど彼と別れてから、離れてからの年数でした。彼が私に伝えるべきことを伝えてからの……。完成間近のなんという完璧なリアクションなのでしょう。

16《世代交代》

「新しい自分をつくるんだよ」

「自分と同じ人をつくっていくんだよ」

「ジェネレーション（世代交代）だよ」

生きるということは、世代交代をするということです。〝大切だと思うこと〟を残していくことです。〝自分の信じるもの〟を繋いでいくことです。いつか必ず死ぬのだから、有意義な死に方が出来たらいいと思います。それが賢い生き方です。

私はあの世に行った時に、彼に顔向け出来ることが一番大事かも知れません。〝本を書き上げました。一生懸命やってみました。

この本は私の赤ちゃんだったんですね。赤ちゃんには、天のメッセージやエッセンスがたっぷり入っていて、神さまのように見えますね。

赤ちゃんを尊重する。
赤ちゃんに聴く。
赤ちゃんに学ぶ。
そうすればきっと世の中は上手くいくでしょう。誰もがみんな、昔は赤ちゃんでした。

あなたのお仕事は完璧だと思います。私をここまで成長させてくれるなんて……。
「立派な人になりたい」という、あなたの言葉をずっと追いかけてきました。
今まで、どうもありがとう。
心の中に、いつもいつもあなたがいます〟　（合掌）

《おわりに》

〝彼の謎掛け〟と〝私の謎解き〟が始まって、長い長い月日が経ちました。未来では答え合わせが待っていました。神の御業をしっかり見せて頂きました。難しいありがたい智慧をいただくことが、私の人生の体験に組み込まれていました。彼の言葉は、私の気づきの成長度合いによって、意味が変化します。だから本当にその人のことをわかるのに何十年もかかりました。気づくというのは時間のかかることです。

私はスピリチュアルがあたりまえだということに、やっと気づきました。スピリチュアルは目に見えづらいのだけど確かに存在します。私たちが生まれて来るということがすでにスピリチュアルですから。人生に幕を閉じることもスピリチュアルです。日常がスピリチュアルの積み重ねということになります。見守られています。ひとりひとり全員が特別なスピリチュアルの役目を持っています。

このことをあなどっていると、この力を無視していると、人間が滅びていきます。人間がダメになってしまいます。悪いことが増えていくのです。不思議とか、たまたま、偶然、というものはスピリチュアルの力と思った方がいいのかも知れません。守り、助け、応援してくれる、繋げてくれるスピリットがたくさんいます。

スピリチュアルに対する気持ちを、もっともっと人間が大事にすることが出来たら、今の世界を変えられる、良くしていける、と私は確信しています。変えたい人はたくさんいると思います。本当に上手に生きるというのは、天や宇宙、あの世の人たちとも相談、対話しながらより良い方向へ歩いて行くことだと思います。たくさん感謝して循環や調和の中に入っていく生き方。そうすれば永遠を約束されるでしょう。

世界が、地球が、ひとつ階段を上がるのに、外側の力を借りたり、手伝ってもらわなければ、上手くいかないのかも知れません。彼は助けたくてしかたがないのです。人々に気づかせたいのです。もっと高次元の世界を。

望むパラレルワールドへみんなで乗り換えてみませんか？　彼のあふれる愛を素直にしっかり受け止めたもの勝ちです。

彼のきっと伝えたいこと。そして私の失敗、反省、気づき。恐れなければ未来は変えていけるのだと思います。過去も変わっていくかも知れません。

未来は黙って待つものではないということ。能動的に世の中をつくっていきましょう。今のひとりひとりの姿が鏡のように未来に映っています。

この本が役立つことを願っています。宇宙の叡智と愛が詰まっていると思います。柔軟にあたたかい気持ちで賢く受け取っていただけたら、きっと上手くいくと思います。私はまだまだ成長途中ですが、今はこのように思っています。これから新しい時代が来て、また思いが変わって行くかもしれませんが、大変革を受け入れる心の準備が必要です。ひとりひとりの目覚め、自立、覚悟と望む世界の強いビジョンを。

あとがき

不思議なことだらけ……。

私はこの貴重な体験を、どうやって世に出していいのかわからなくて途方に暮れていました。いろいろな方にお手紙を書きましたが、いつもなしのつぶてでした。

彼が昔、「おねえちゃんもパソコンやらないの？」と言っていたのを思い出しました。機械は苦手でしたが〝彼のいう通りになるし、私がパソコンをする事でたくさんの人を助けられるなら〟と、思い切って買ってみました。ものすごく親切な店員さんでした。まるで彼の魔法がかかっているかのような対応でした。早速フリーＷｉ－Ｆｉになりました。すぐにスピリチュアルや胎内記憶のＹｏｕＴｕｂｅにのめり込み、そこで絵本作家ののぶみさんを見つけました。

たくさんの子どもたちが当時の彼と同じ事を言っているので鳥肌が立ちました。いくつものＹｏｕＴｕｂｅはまるで時間を超えたデジャヴュ現象でした。出所が一緒なのだとわかりました。

のぶみさんはいろんな人と繋がりやすいように受け皿を十分に用意してくれていました。ＤＭを全部読んで、丁寧に返信もして下さいます。とても誠実で膨大な仕事量をこなします。のぶみさんのまわりには、あたたかくて優しい賢い智慧のコミュニティがどんどんつくられていっています。まったくもっていいお仕事をしておられます。だからこの私でも繋がることが出来ました。

私がのぶみさんにＤＭを送る時、まだ送信ボタンを押していないのに、途中なのに、エンターキーをちょっと触るだけで勝手に送信されてしまいます。変換決定や改行が思い通りに出来ず、何という厄介だけれどおもしろい現象かと感じていましたが、これは誰かが喜んでいる様子なのだと気づきました。〝この人だよ〟と言って、私たちが繋がるのがうれしくてうれしくて仕方がないサインなのだと解釈しました。

本当に私は子どもたちとそれをまとめてくれるのぶみさんの熱い発信に、ものすごく勇気をもらいました。背中を押してもらいました。〝僕たちの目的は同じだよ〟と子どもたちが言っているようです。

それでも私はなかなか出版社と繋がりませんでした。そのうち災害備蓄の買い物の方にばかり力が入っていくようになり、これはきりがないのですが、玄関を出たり入ったり、出たり入ったりしました。ある時、たったその一時間の間に、玄関に置いてあったろうそくのガラスの入れ物が、パリンときれいに2つに割れてしまいました。

〃今、あなたがしなければならないのは備蓄よりも出版することだよ。このままではひとつの光がなくなってしまうよ〃と言われているようでした。そうです、私の行動は見られているのでした。〃天命を果たす〃ことが優先です。それによって事態は変わるのです。私は気持ちを戻して、また手探りを始めました。

気になる庭の花は、今年も白い花が咲きました。でも元は紫色で、うっすらとその色素のすじが残っているのが見えます。母が会うたびに「紫色の花は、もう咲いたかい？」と何度も聞いてきます。

その日の朝、庭の水撒きをしました。すると、ものすごくショッキングな姿の〃もんしろちょう〃が目に入りました。どうしたものか、その白い花の平たく細長い葉が、刃物のようにちょうの片羽に10㎝以上も突き刺さっていて、身動きの出来ない状態で止まっていました。前日の夕方の水撒きの時も、ここにちょうがいたことを薄っすらと覚えています。一晩中いたのです。もっとかも知れません。さすがのちょうも片羽ではひらひらと上昇することができないのです。両羽が必要なのです。動くたびにどんどん深く刺さっていくので、とても困っていたでしょう。別の葉に足を付けてじっとしているしかありませんでした。

私はびっくりして急いで葉を抜いてあげました。出来るだけ触らないように気を付けて。

やっと自由になったちょうは、逃げるようにすぐ飛び立つものと思っていたら、なんとそのまま葉の上に留まっていて、私の動く方向に合わせてトコトコトコとからだの向きを変えて、大きな目でこっちを見ているではありませんか。

「Lなの？」と思わず声をかけてしまいました。

いつからか、何だかこの花は彼のように思えて仕方がなかったのです。花菖蒲、Japanese iris。iris はラテン語で〝虹〟。その彼の花の上に来て、こんなに羽をボロボロにしたちょうが、健気にじっと耐えて止まっている姿は、まるで彼の化身にしか見えませんでした。

小さな虫と心が通じ合うなんて……恥ずかしいような、感動するような……。威圧してはいけないという気持ちもあって、私はあまり見ないようにしてさり気なく離れてしまったけれど、後になって、〝もっとお話したらよかったかな？〟、〝あの後、あの羽で上手に飛んで行けただろうか？〟と、とても気になってしまいました。

「また日本に行くよ」と言っていた彼です。

次の日、出版社から連絡が入っていました。

〝あぁ、やっと……目に留めてもらえた……〟

この本の中には彼と私の人生、命がたっぷり詰め込んであります。すべてのことに感謝したい気持ちでした。ここへ来るまでの長い道のり、関わって下さった助けて下さった皆さん、本当にありがとうございます。

つむぎ書房様、私を、彼を信じて拾い上げて下さったこと、勇気ある出版を、心から御礼申し上げます。御社の名前を初めて目にした時、間髪を入れず天井の照明が鳴っていました。

「僕は、おねえちゃんがイヤだということは絶対にしない」つまり……

〝いいことしかしない〟

〝僕を信じきることが出来た時、結果すべていいことになる〟
〝今までのことは学び〟
〝失敗に気づけた時、人は成長する〟
〝そして、きっと私たちは新しい行動をとっていく〟
〝成長した時、誰でも主人公に、ヒーローになっている〟
〝これが地球のドラマ〟
〝さあ、いよいよクライマックスへ〟

本当はこういう意味なのだと思います。日本人全員に向けられた言葉です。

これからの新しい地球のためには、どうしても越えなければならないものがあります。物理的にも精神的にも今までの地球上をきれいにするための大掃除、大洗濯が必要になります。浄化の後の世界が本物の喜びの世界です。その意味がわかっている人はあまり怖くはないでしょう。

我慢に我慢を重ねてきた地球が、今求めている人材は、この大転換期を愛で乗り切る人です。光の人です。

これからは、一般人が新しいシステムの地球をつくることが出来るのです。やっと訪れた貴重な機会です。原点に戻ることにもなりますが、前向きな気持ちでいいと思います。まず自分の価値観を問い直す時です。人はいつか必ず死ぬということを意識しながら生きていきます。本当に大事なもの、必要なものかどうかをしっかり吟味します。

どっぷりと人や物に執着するよりも、からだを脱いだ時に、残る自分の魂が、グレードアップしていて、喜びを感じながらひとつの幕を閉じることが出来れば、〝いい仕事をした〟、〝充実した人生だった〟と還っていけます。そして次の世界、ドラマが選べます。命を使い切って死に向かう時の幸福な気持ちがあることを、特別な体験をした多くの人たちが語っています。私たちは今まで何百回と死んできたのに、そういうことを忘れています。

きっと高次元の存在は常に見ていて、その人に見合ったようにお手伝いをしてくれます。宇宙を意識して人生をより俯瞰してとらえると、私たち地球人の隠されていた事実もわかってきます。スピリチュアルや〝死〟の学び、理解が、私たちを本当の豊かさで〝生〟かしてくれます。

彼は難民ではない。難民は私たち地球人です。彼は自分からわざと困難の中に入っていき、そこにいた私に、私たちに、自分の中から湧き出す純粋な愛の気持ちがあることに気づかせ、その行動を起こすための機会をつくってくれていました。彼は自分の持っているすべてを使って、それのためにに働きかけていました。天や高次元の存在と協力して、そういうドラマをつくりたかったのですね。そういうドラマが観たかったのですね。経験させたかったのですね。身に余る光栄です。私は何という稀なすばらしい経験をさせてもらったのでしょう。

そしてその彼がこれからも歩いていくだろう道は「僕はお肉を食べるけどね」という世界らしいです。最後の日に言っていた言葉です。

もうひとつ謎の言葉も残しています。それは「山の上の方では、お客さんに毒の入った食事を出すんだよ」と。

私たちは自分のからだの中に入れるものを注意する、疑う、見直す、騙されないという意識がここで生きていくのに必要なのでしょう。でも自然をわかっていて、自然を守り、自然を上手にからだや生活に取り入れる生き方をしていた人たちは、毒を浄化する力を持っているようです。

ピラミッド型の社会特有の、支配者、権力者、奴隷、犠牲者が生まれない世界を私は望みます。人は平らでいること。上に立とうとしない。天、地、人、三位一体のかたちであれば永遠に調和のとれた世界になります。そしてそうなった時、やっと私たちは、地球は、宇宙と対等の仲間入りが出来ます。

【参考文献】
〝神との対話〟　ニール・ドナルド・ウォルシュ　サンマーク出版
〝生きがいの創造〟　飯田史彦　ＰＨＰ文庫
〝生きがいの本質〟　飯田史彦　ＰＨＰ文庫

【デジャヴュのようなYouTube】
絵本作家のぶみチャンネル／池川明／ワンネスyurie／大愚和尚の一問一答／
辻輝子つじようこ・レイキ／幸運ソウル・キーリー聡美／地球の夜明け／
石井数俊／宇宙と私☆千聖／アースファミリーチャンネル・優花／
なみ☆るぅch／広大な宇宙ラジオ／光田秀（エドガー・ケーシー）／　……他多数

シルバーガール
おばあさんになった小さい女の子（インナーチャイルド）という意味。

元、幼稚園教諭、保育士、介護福祉士。

広い世界を見たり聞いたりするのが好きで、他にも人間界の様々なアルバイトや、ワクワク、ドキドキの世界の旅を経験してきた。

ついこの間まで、高次元があるなんて知らなかった。体験してしまった今は、普通のあたりまえの生活も感謝の気持ちに変わっていく。

自由に正直に本当に好きなこと、やりたいことをして生きていけたら最高。

全員が。


僕はおねえちゃんに本当にありがとうというものをあげるから

2025年3月19日　　第１刷発行

著　者——— シルバーガール
発　行——— つむぎ書房
〒103-0023　東京都中央区日本橋本町2-3-15
https://tsumugi-shobo.com/
電話／03-6281-9874
発　売——— 星雲社（共同出版社・流通責任出版社）
〒112-0005　東京都文京区水道1-3-30
電話／03-3868-3275

ISBN 978-4-434-35412-0